ビーズログ文庫アリス

A3!

ボーイフッドコラージュ

イラスト／冨士原良

この作品はフィクションです。実在の人物、団体名等とはいっさい関係ありません。

CONTENTS

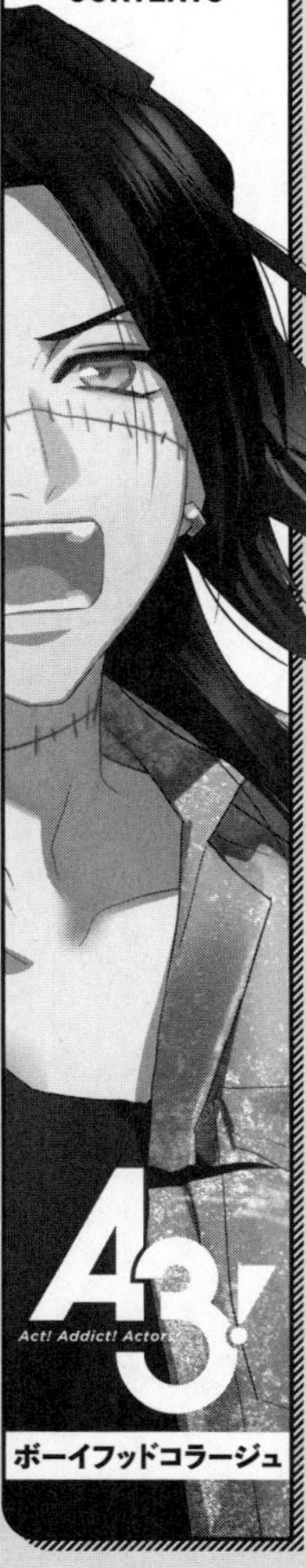

序章　Re：ポートレイト

季節は巡《めぐ》り、春と夏が過ぎれば、また秋が来る。

少しずつ柔《やわ》らかくなってきた日差しが、ＭＡＮＫＡＩ寮《りょう》の談話室の窓から差《さ》し込《こ》んでくる。

昼ごはんを終えたいづみは、緑茶の入った湯飲みを手に、ソファに腰《こし》を下ろした。

春組《はるぐみ》、夏組《なつぐみ》と新団員を主演に据《す》えた第四回公演を終え、自然と秋組《あきぐみ》へと考えが巡る。

「夏組の公演も終わったし、次は秋組か……どんな団員が入るか楽しみだね！」

いづみが向かいに座《すわ》っていた春組の卯木《うつき》千景《ちかげ》と皆木《みなぎ》綴《つづる》に話しかけると、千景はちらりと綴に視線をやった。

「脚本《きゃくほん》の綴はずっと休みなしだから大変だな」

「そうっすねー……」

地方での再演などを別にすると、公演のない組は比較的《ひかくてき》、時間にも気持ちにも余裕《よゆう》がある。しばらく公演の予定がない千景の悠々《ゆうゆう》とした態度を見ながら、綴は苦笑いを浮《う》かべた。

「でも、メインキャストが六人になって脚本の幅《はば》も広がったし、書くのは楽しいんで、苦じゃないっす」

綴の表情は明るく、本心から言っているらしいことがわかる。

ふと、会話を聞いていたらしい兵頭九門《ひょうどうくもん》が綴の背後から顔を覗《のぞ》かせた。

「やっぱ、次の秋組もかっけー感じっすよね!?」

「まだ全然決まってないけど、アクション路線は変わんないだろうな」

秋組はアクションが得意なメンバーが揃《そろ》っていることもあり、旗揚《はたあ》げ公演からそれを活《い》かす演目が続いている。

「物騒《ぶっそう》な感じも変わらなそうだな」

キッチンから出てきた春組の茅ヶ崎至《ちがさきいたる》が、マグカップを手に口を挟《はさ》んできた。

「絵面的《えづらてき》な意味で?」

「そうそう。あのメンツで童話モチーフとか無理だろ常考《じょうこう》」

千景の問いかけに、にやりと笑いながらうなずく。

強面《こわもて》の秋組メンバーは、全員揃って歩けば、自然と人が引いて道ができるくらいインパクトがある。

「新入団員は、あのメンバーの中に入っても違和感《いわかん》のない外見で、怖気《おじけ》づかない度胸がないと、だね……」

いづみが改めて新団員の条件の厳しさを嚙《か》み締《し》めていると、千景が片眉《かたまゆ》を上げる。

「熊《くま》とか？」

「違和感《いわかん》仕事しろ」

「それ、人間じゃないっす……！」

悪乗りする至に続いて、綴がすかさず突《つ》っ込《こ》んだ。

「秋組の新入団員探しは難航《なんこう》しそうだね……」

どんな団員なら違和感がないか皆目見当《かいもく》がつかない。いづみが悩《なや》んでいると、ダイニングテーブルに座っていた泉田莇《いずみだあざみ》が小さく手を挙げた。

「あー、そのことなんだけど……」

目下《もっか》、家出中の莇は、期間限定で保護者代わりである秋組の古市左京《ふるいちさきょう》の部屋に居候《いそうろう》している。

口ごもる莇をいづみが不思議に思いながら見つめた時、大きな音を立てて談話室のドアが開いた。

「あーざーみー!!」

飛《と》び込《こ》んできたのは迫田《さこだ》ケンだ。左京の舎弟《しやてい》であり、莇をこの寮に連れてきた人物でもある。

「ケンさん？」

蓟がわずかに目を見開くと、迫田は金髪《きんぱつ》を振《ふ》り乱《みだ》しながら、蓟に駆《か》け寄《よ》った。

「大変だ！　会長がとうとうしびれきらせちまって、会のモン引き連れて、お前を連れ戻《もど》しに来るって！」

蓟の表情がこわばる。

蓟の父、泉田は、迫田や左京が籍《せき》を置く銀泉会《ぎんせんかい》の会長であり、いわゆるヤクザだ。舎弟を引き連れて来るとなれば、ただでは済まされない。

「お前の居場所聞かれて、志太《しふと》のところにいるってごまかしちまったんだけど、まさかこんな大事《おおごと》になるとは――。今のうちに戻るなりなんなりしねぇと、やべぇ！」

迫田の緊迫《きんぱく》した表情を見て、いづみも事の重大さに青くなった。

(会長自ら、ヤクザ総出《そうで》で……!?)

「カチコミってやつか。本当にあるんだな」

「似たようなことなら、俺《おれ》はわりと身近でよく見るけど」

面白《おもしろ》がる至に続いて、千景も物騒な内容をのんびりと口にする。

「マジか。相変わらず私生活が謎《なぞ》すぎなんですけど」

「二人とも、のんびりしてる場合じゃないっすよ！　どうすんだよ、莇！」

九門がわたわたと両手を振《ふ》り回《まわ》しながら、莇を振《ふ》り返《かえ》る。

「まあ、志太なら、適当にかわしてくれんじゃね」

莇は気を取り直した様子で、首をわずかにかしげた。

「志太？」

「俺の幼馴染《おさななじみ》。こっちの事情も知ってるし、気ぃ利《き》く奴《やつ》だから」

いづみが問いかけると、莇が説明を付け加える。

「でも、銀泉会の連中総出なんてことになったら、居場所なんてすぐばれるんじゃないのか」

綴が懸念《けねん》を示した時、開け放たれたままのドアから左京が入ってきた。

「……なんの騒《さわ》ぎだ？」

眉を顰《ひそ》める左京に、迫田が足をもつれさせながら駆け寄る。

「あ、アニキ！　大変だ！　会長がとうとうあざみを連れ戻そうとしてて――」

焦《あせ》る迫田に対して、左京は表情も変えず、眼鏡《めがね》の細いフレームを押《お》し上《あ》げた。

「……まあ、これでも遅《おそ》いくらいだろ」

そうつぶやくと、莇の方へと顔を向ける。

「坊《ぼん》、ごまかしたって、時間の問題だ。大人しく家に帰るんだな」

「……イヤだね」

莇は露骨《ろこつ》に顔をしかめると、そっぽを向く。

左京の頬《ほお》がぴくりと動いた。

「人様に迷惑《めいわく》かけていいと思ってんのか。会の奴らだって暇《ひま》じゃねえんだ。ガキじゃねぇんだから、お前のために手間かけさせんな」

「うるせぇ。てめーには関係ねぇだろ」

「ああ？　人のところに居候させてもらってる奴が、どの面《つら》下げて言いやがる。今すぐ叩《たた》き出《だ》してやってもいいんだぞ」

左京の目は鋭《するど》く、どすの利いた声は子どもが震《ふる》え上《あ》がりそうなほどの威圧感《いあつかん》に満ちている。

「さ、左京さん、落ち着いてください。預かってる責任もありますし、私から連絡《れんらく》しましょうか？」

いづみは、思わずすくみ上がりそうになりながら、助《たす》け舟《ぶね》を出した。

「監督《かんとく》さんが気を使う必要はねぇ。これはあくまでもコイツ自身が片つけなきゃいけねぇ問題だ。わかったら、さっさと家に――」

左京の言葉をさえぎって、莇が口を開く。

「つーか俺、秋組入るし」

「は？」

「え？」

さらっと告げられた言葉を聞いて、左京といづみが同時にぽかんと口を開けた。

「マジで!?　莇、秋組入るの!?　やったー!!」

一番に反応したのは九門だった。大喜びで歓迎《かんげい》する。

対照的に、左京の目がさらに険《けん》を帯びた。

「ふざけんな。本気でもねぇくせに。いい加減、劇団を逃《に》げ場《ば》に使うのはやめろ」

「俺が本気じゃねぇって勝手に決めつけんな」

そっぽを向いていた莇が振り返り、左京を睨《にら》み付《つ》ける。

「てめぇは家から出たいだけだろうが」

「うるせぇ！　てめぇの指図は受けねー！」

冷ややかな言葉を受けて、莇は椅子《いす》を倒《たお》さんばかりの勢いで立ち上がった。

「お、おい、あざみ……」

迫田が慌《あわ》てたように莇をなだめようとするが、それより早く左京がとどめを刺《さ》す。

「てめぇの入団は認めねぇ」

葝が素早《すばや》い動きで、左京に殴《なぐ》りかかった。

途端、葝の拳《こぶし》が左京の左頬にめり込む。

左京はゆっくりと顔を戻すと、眼鏡を直しながら首を回した。

「誰《だれ》に手上げてんだ、てめぇ。覚悟《かくご》はできてんだろうな」

「うるせぇ！　てめぇなんぞ、秒でのしてやる！」

左京の脅《おど》しを意に介《かい》さぬ様子で、葝は続けざまに拳を繰《く》り出《だ》す。左京がそれを手のひらで受け止めると、葝は間髪《かんはつ》入れずに膝蹴《ひざげ》りを入れようとした。

「おらぁ！」

左京は葝の膝を肘《ひじ》で受け止め、流れるようにその肘で葝の顎《あご》を跳《は》ね上《あ》げる。

「――は！」

「ちょ、ちょっと、二人とも――！」

いづみも慌てて止めようとするが、二人の激しい応酬《おうしゅう》には分け入る隙《すき》がない。

「はあ！」

「――ちっ」

葝の蹴《け》りを、左京が腕《うで》で受け止めて、その衝撃《しょうげき》に顔をしかめる。

「二人とも、なかなかいい動きするな」

「これなんて格ゲー。コントローラーどこ」

「だから、二人ともなんでのんびりしてるんすか！」

ソファに座った千景と至がのんびりと見物していると、九門がすかさず突っ込んだ。

「アニキ、やっぱケンカつぇぇなー……」

「迫田さんまで！　止めてください！　このままじゃ、二人ともケガを――」

拳を握《にぎ》り締《し》めながらウズウズしている様子の迫田には、いづみが突っ込みを入れる。

「大丈夫《だいじょうぶ》っすよ。二人とも加減知ってるんで、大事にはならないっす。泉田家では日常《にちじょう》茶飯事《さはんじ》っつーか」

「ええ!?」

迫田がまったく動じていない様子でヘラヘラ笑うのを、いづみが信じられない思いで見つめる。

その間にも莇と左京のケンカは激しさを増していた。

「死ね！」

「生意気言うな、クソガキが！」

目にも止まらぬ速さで拳を交《か》わし合う二人を、いづみは呆然《ぼうぜん》と見守ることしかできなかった。

（これが日常茶飯事……）

完全にいづみの常識からはかけ離《はな》れた光景だ。

「まあ、止めるだけなら止めてもいいけど、命の保証はしないよ」

ゆっくりと立ち上がった千景を、いづみが慌てて止める。

「それはちょっと保証してもらわないと困ります……！」

千景に代わって、キッチンで洗い物をしていた伏見臣《ふしみおみ》が、濡《ぬ》れた手を拭《ぬぐ》いながら左京と莇に近づいていった。

「まあまあ、二人とも落ち着いて。いつまでケンカしてるんすか」

「臣さん、割って入ってくと危ないっすよ――！」

九門が止めようとするが、臣は臆《おく》することもなく、がしっと二人の腕を摑《つか》んだ。

「おーらおらおら。左京さんも、頭冷やしてください」

プロレス技《わざ》でもかけるように腕を絡《から》ませると、途端《とたん》に左京と莇の動きが止まる。

秋組の中でも一番大柄《おおがら》な臣の体は、二人が逃《のが》れようともがいてもびくともしなかった。

「――ちっ」

やがて、左京が舌打ちをして、莇も戦意を喪失《そうしつ》したように大人しくなる。そこでようやく、臣は二人を解放した。

「伏見さん、すごいな。あの間に入っていくとは……」

綴が感心したようにつぶやくと、千景と至もうなずいた。

「熊かな」

「どうりで違和感仕事しないわけだ」

場違《ばちが》いなまでにのんきな会話をよそに、左京と莇はお互《たが》い睨み合ったまま微動《びどう》だにしない。

「……役者になんてなってどうする。おめぇの夢はそれじゃねぇだろ」

「――勝手に決めつけんじゃねぇよ。応援《おうえん》するつもりもねぇくせに。自分だけ好き勝手しやがって……」

莇がふいっと視線をそらすと、左京の表情が一瞬《いっしゅん》固まった。

二人の間に気まずい沈黙《ちんもく》が流れる。

(莇くんには、何か他に夢があるのかな……。左京さんの言う通りなら、入団は止めた方がいいのかもしれないけど……。本人にやる気があるのに、頭ごなしに否定するっていうのは、ちょっと気になる)

いづみが声をかけあぐねていると、九門がパンと手を打った。

「いいこと考えた！」

いづみが不思議に思いながら九門の方を見ると、九門は満面の笑《え》みで言葉を続ける。

「あのさ、莇が入団したいなら、オレの時みたいに、入団テストしたらいいんじゃねー？　それで受かったら、莇も本気ってことだし！　な!?」

元々は兄がいる秋組に入りたいと寮に押しかけてきた九門も、最初は兵頭十座《じゅうざ》に入団を反対された。その時に出された条件が入団テストだった。

「そんなものやらなくても――」

左京が顔をしかめて否定しようとした時、談話室のドアが開いた。

「ジャマするぞー」

「あれ？　雄三《ゆうぞう》さん、どうしたんですか」

入ってきた鹿島《かしま》雄三の姿を見て、いづみが目を丸くする。

初代MANKAIカンパニーのメンバーであり、新生MANKAIカンパニーの演技指導も務める雄三が、公演の稽古《けいこ》期間以外に顔を出すのは珍《めずら》しい。

「近く通ったんでな。ヒマ潰《つぶ》しだ」

勝手知ったるといった様子で、ずかずか入り込んできた雄三は、複雑な表情で向かい合っている莇と左京に目を留《と》めた。

「なんだ、お前ら。なんかもめてんのか？」

「え、ええと、ちょっと秋組の新入団員のことで……」

黙《だま》り込《こ》んでいる二人に代わって、いづみが簡単に事情を説明した。

「へぇ。いいじゃねぇか。オーディション受けさせりゃ」

「は？」

にやにやと面白がるように告げる雄三を見て、左京が顔をしかめる。

「やっぱり、そうですよね」

いづみとしても、やる気があるならチャンスをあげたいと思っていただけに、雄三に追《つい》従《じゅう》する。

「おい、お前まで――」

左京の非難をさえぎって、いづみは首をかしげた。

「だって、入団の動機がなんであれ、莇くんだけチャンスをあげないっていうのは、フェアじゃないですよ。秋組にはライバル心だけでオーディション受けた人だっているんだし」

「……摂《せっ》津《つ》か」

苦々しげに、左京が秋組リーダーである摂津万里《ばんり》の名前を挙げる。

動機が不純だった万里も、今や大学で本格的に演劇について学ぶほどに成長を遂《と》げている。

「三食付きの寮が動機の人だっているし」

「……俺か」

次に挙げられた至がぼそっとつぶやく。至も入団の動機は不純だったが、今は至なりに真剣《しんけん》に演劇に向き合っている。

「まあ、俺も入団の動機については人のことは言えないな」

続いて千景がつぶやくと、いづみは声にしないまま同意した。

（復讐《ふくしゅう》のためとか……家がないとか……こう並べてみると、結構ひどいな……）

改めて劇団員たちの入団理由を思い出して、乾《かわ》いた笑みが浮かぶ。

「ともかく、演劇との出会い方がどんなものであれ、入団を希望する人を頭から否定したくはありません」

前例を並べたところで、いづみの中に迷いはなくなった。固い意思を込《こ》めて、左京を見つめる。

左京はいづみの思いを感じ取ったのか、口をつぐんだ。

「総監督《そうかんとく》として、莇くんの入団オーディションを認めます」

「……ちっ」

いづみが宣言すると、左京は舌打ちをしただけで反論しなかった。

「やったー！　莇が入ったらメイクのクオリティも上がるよな！」

「莇なら秋組のメンツと並んでも違和感ないしな」

九門と綴が歓迎するも、左京は首を横に振《ふ》った。

「どうせこいつには無理だ」

「無理かどうかは、莇くんのやる気次第《しだい》ですよ」

「絶対受かってやる」

いづみがフォローを入れると、莇は敵意を丸出しにして言い放つ。

「……ふん。課題はどうする」

左京が鼻を鳴らすと、雄三が口を開いた。

「秋組の奴らにやらせた『ポートレイト』でいいんじゃねぇか？」

「『ポートレイト』？」

首をかしげた莇に、いづみが説明してやる。

「自分の過去をテーマにした演出込みの一人芝居《ひとりしばい》。秋組のみんなも旗揚げ公演の時にやったんだよ」

莇はちらりと左京の方に視線を向けた。

「……クソ左京もか？」

「もちろん」

いづみが微笑《ほほえ》むと、莇はすぐにうなずいた。

「……やる。コイツよりもいいものやってやる」

「じゃあ、テーマは『少年時代の思い出』。演出込みで十分だ」

雄三が告げると、左京が眉を顰めた。

「テーマをやるなんて易しすぎるだろ」

「俺がなんでこのテーマにしたと思う？」

雄三の目がいたずらっぽい光を帯びる。

「一週間後、俺が面倒《めんどう》見てる劇団の公演の前座で、若手の役者たちに同じテーマのポートレイトを披露《ひろう》させる」

「デジャヴだな……」

「まさか……」

臣といづみがつぶやくと、雄三がにやりと笑った。

「そこに混ざれ」

雄三の言葉を聞いて、九門と綴が目を丸くする。

「一週間で、本物の舞台《ぶたい》!?」

「素人《しろうと》がたった一週間で舞台に立つって、さすがに厳しいんじゃないっすか」

雄三は意にも介さない様子で、両腕《りょううで》を組んだ。

「そのくらい追《お》い詰《つ》められたら、本気かどうか見極《みきわ》められるだろ。前みたいにアンケートもやるから、一位になるのを入団の条件にすればいい」

「しかも一位!?」

さらに付け加えられた条件に、九門が悲鳴をあげる。

「鬼《おに》だな……」

「さすが……」

綴と臣が気の毒そうな表情を浮かべると、莇も課題の難しさに気づいたのか、表情を硬《かた》くする。

「左京の坊主《ぼうず》を超《こ》えるんだろ。だったら、一位くらいとらねぇとな」

雄三が揶揄《やゆ》するように告げると、莇は挑戦《ちょうせん》的な目つきで雄三を見返した。

「……やってやる」

「左京さんも、この条件でいいですよね？」

いづみが念のために確認《かくにん》すると、左京はあっさりうなずく。

「ああ。どうせ無理だろうしな」

（たしかにかなり厳しい条件だよね……）

いづみとしても、もう少し条件を和《やわ》らげるように提案するか迷うところだ。ただ、それだと左京が納得《なっとく》しないということも容易に想像できた。

夏組の九門の時も、少し難しい課題を課すことで、結果的に九門の力を引き出しただけに、いづみは今回も莇のやる気に賭《か》けてみることにした。

「莇くん、さっそく今日から稽古に参加してくれる？　まずは芝居の基礎《きそ》から勉強しないとね」

「……わかった」

（莇くんの家のことも気になるけど、とにかく、やれるだけやってみよう）

いづみはそう心に決めると、頭の中で莇のための稽古メニューを考え始めた。

数時間後、稽古場には秋組メンバーと共に莇の姿があった。

「それじゃあ、今日から莇くんが稽古に参加するから、みんな、よろしくね」

「っす」

すでに話を聞いていた十座がうなずくと、万里と七尾太一《ななおたいち》も莇に向かって軽く手を上げる。

「よろー」

「よろしくッスー！」

「よろしくな」

微笑む臣とは対照的に、左京は冷ややかな表情で黙《だま》りこくっていた。

「さっそく発声から始めよう！」

左京からの無言の圧力をかき消すように、いづみはそう呼びかけた。

初心者の莇のために簡単な説明を行ってから、発声練習に入る。莇も見様見真似《みようみまね》で声を出した。

「あ・え・い・う・え・お・あ・お。か・け・き・く・け・こ・か・こ」

すかさず左京が口を開く。

「声が小せぇ」

「――ああ？」

「もっと口をはっきり開けろ」

「うるせぇ」

莇は顔をしかめてそっぽを向いた。

（まさか、またケンカになるんじゃ……）

二人のやり取りを、いづみは内心ハラハラしながら見つめる。

「なんだかんだ教えてやるなんて、優《やさ》しいですね」

臣が笑みを浮かべながらそう声をかけると、左京は忌々《いまいま》しげに舌打ちをした。

「え、ええと、莇くん、もう一回やってみようか」

いづみが気を取り直すように莇を促《うなが》す。

「あ・え・い・う・え・お・あ・お。か・け・き・く・け・こ・か・こ」

（うーん、左京さんの言う通り、やっぱり声は小さめだな。恥《は》ずかしさや照れがあるのかも。でも、まだ最初だし、まずは人前で声を出すことに慣れていかないとね）

いづみがそう考えながら、莇を見守っていると、今度は左京も何も口を挟まなかった。

（左京さんも大人しくなったし、どんどん進めていこう！）

発声練習が終わると、いづみは稽古場の隅《すみ》に全員を集合させた。一人一人に木刀を手渡《てわた》す。

「次は軽く体を動かしてみよう。十座くん、殺陣《たて》の見本を見せてあげてくれるかな」

「っす」

いづみに指名された十座が中央に進み出て、ゆっくりとした動きで木刀を構える。

「莇くんはできるところから、真似《まね》して動いてみて」

いづみがそう告げると、莇は十座の斜《なな》め後ろに立って、十座の動きをなぞり始めた。

（あれ……意外と動けてるな）

お手本の十座が莇のためにゆっくり動いているとはいえ、足さばきや体の使い方が、初めてとは思えないくらい様になっている。

長めの黒髪《くろかみ》の間から覗く顔にはまだ少年らしさが見え隠《みかく》れしていたが、手足はすらりと長く、身長もあるため、十座と並び立ってもまったく見劣《みおと》りしない。

（みんなで野球をやった時も思ったけど、運動神経がいい。年齢《ねんれい》のわりに身長もあるし、秋組の舞台にハマりそうだ）

いづみは十座の立ち回りをキレイにトレースする莇を、じっと見つめた。

（セリフや滑舌《かつぜつ》は初心者だし、まだまだこれからだけど、メイク技術も含《ふく》めて希少な人材だな。あとは本人のやる気と、左京さんが納得するかが問題だけど……）

ちらりと左京の方に視線を向けると、左京は黙り込んだまま莇の立ち回りを確認していた。

窓の外が赤く染まり始めた頃《ころ》、いづみが軽く手を打った。メンバーの視線が集中する。

「はい、じゃあ、今日はここまで。お疲《つか》れさまでした」

「お疲れッスー！」

「……お疲れ」

「お疲れさま」

まだまだ疲《つか》れの見えない太一が元気に挨拶《あいさつ》をすると、左京と臣が続く。

莇はタオルで首元を拭いながら、大きくため息をついた。

（莇くん、初稽古《はつげいこ》は、わからないことだらけで疲れたかな）

稽古場を出て行く莇を見送りながら、そんなことを考えていると、後ろからぽつりと声がした。

「……アイツ、結構いいんじゃね」

「ん？」

振り返ると、万里が稽古場のドアの方に顎をしゃくった。

「莇。根性《こんじょう》ありそうだし、ヘタなヤツが入るより良さそう」

「そうだね。運動神経もいいし、秋組には合ってると思う」

いづみがうなずくと、万里はわずかに首をかしげた。

「問題は莇の本気度だよな。今の莇のモチベーションは明らかに左京さんへの反発だけだし。これから、アイツがもっと純粋《じゅんすい》に芝居に向き合えるなら、化けるかもな」

万里の鋭い指摘《してき》に、いづみは全面的に同意した。

（万里くんもちゃんと見抜《みぬ》いてたんだな……本当にリーダーらしくなった。旗揚げ公演の時、同じように万里くんの本気度を心配していたのがウソみたいだ）

まったく逆の立場になっていることがおかしくて、つい笑いが漏《も》れる。

「何笑ってんだよ」

万里がいぶかしげな表情を浮かべると、いづみは小さく首を横に振った。

「ううん。なんでもない。莇くんのことは、私も万里くんの言う通りだと思う。九門くんの稽古は天馬《てんま》くんが面倒を見てあげてたから、今回は万里くん、お願いできるかな」

「めんどくせぇけど、しょーがねぇか」

怠《だる》そうに返事をする万里に、いづみが続ける。

「ゼロから一週間でポートレイトを完成させるのは、かなり大変だと思う。今回はアンケートで一位っていう条件もついてるし。万里くんがついててくれるなら、安心だから」

「……わぁったよ」

「よろしくね」

不承《ふしょう》不承《ぶしょう》といった様子だが、リーダーとしての自覚が備わった今の万里なら心配はない。いづみは信頼《しんらい》の気持ちを込めて微笑んだ。

家々が夜の闇《やみ》に沈《しず》み、街灯の明かりばかりがぽつりぽつりと浮かび上がる頃、寮のバルコニーにはまだ光が灯《とも》っていた。

オレンジ色の明かりに照らされていたのは、ノートを睨み付ける莇だ。

「……くっそ、わかんねぇ」

ぐしゃぐしゃと頭をかき混ぜて、ため息をつく。

と、静かにバルコニーの扉《とびら》が開いた。

「お疲れさん」

きつね色のスコーンが載《の》った皿を片手に現れた臣を見て、莇が小さく頭を下げる。

「――どうも」

「莇は甘《あま》いもの好きか？」

「……あんまり」

莇が言葉を選ぶように答えると、臣が笑みを漏らした。

「はは、左京さんと同じだな。じゃあ、クロテッドクリームはやめとくか」

スコーンの脇《わき》に添《そ》えられていた、クリームの入った小さな器《うつわ》を取り上げてから、皿を差し出す。

「このスコーン、そんなに甘くないやつだから。夜食に食ってくれ」

「……あざっす」

莇はぶっきらぼうに礼を言うと、おずおずとスコーンを手に取ってかじりついた。

「味はどうだ？　もっと甘くない方がいいか？」

「いや、普通《ふつう》にうめぇ」

黙々《もくもく》と食べ続ける莇を見て、臣が優しく目を細める。

「そうか。明日はレーズン入りにするな」

明日も作ってくるという臣を、莇が怪訝《けげん》そうな表情で見つめる。

「こうやって遅くまで自主練してる奴の夜食作るのがいつもの癖《くせ》みたいになっててな」

臣がそう説明すると、莇は小さく首を横に振った。

「……いい」

「スコーンじゃない方がいいか？」

「……いや、そうじゃなくて。こういうことされっと、なんつーか、困るからいい」

莇はどこか困惑《こんわく》した様子で眉を顰めると、スコーンの残った皿を手に、バルコニーを出て行く。明らかに臣を避けるような態度だった。

「……お節介《せっかい》が過ぎたか」

臣は眉を下げて頭を掻《か》くと、自嘲《じちょう》するようにつぶやいた。


「あ・え・い・う・え・お・あ・お。か・け・き・く・け・こ・か・こ」

莇の発声は、数日前から比べて明確に変化していた。口も喉《のど》も開いていて、声が通るようになった。

（稽古に参加するようになってから数日で、だいぶ滑舌も良くなった。照れがなくなってきたし、セリフ回しもこなれてきた。万里くんの教え方がうまいのかな）

稽古の間も万里は莇に逐一《ちくいち》アドバイスをして、そのおかげで左京と莇の衝突《しょうとつ》も少なくなっていた。

（もともと度胸のある子だから、舞台に立つこと自体は問題なさそうだ……あとは一人芝居の方だけど……）

こればかりは莇自身が作り上げなければいけないだけに、周りは手助けできない。いづみは思案げに顎に手を当てた。

基礎的なメニューを終えて、いづみはちらりと時計を確認した。

「それじゃあ、十五分休憩《きゅうけい》ね」

「はいッス。飲み物取ってこよっと」

軽い足取りでドアへ向かう太一の背中に、万里が声をかける。

「あ、俺のも」

「いいッスよ」

太一が出て行くと、莇は深いため息をつきながら稽古場の隅に座《すわ》り込《こ》んだ。

いづみが莇に声をかける。

「莇くん、お疲れさま。一人芝居の進みはどう？」

「……一応一通りできたけど、十分よりも短く終わっちまう」

「朗読みたいにずっとただセリフを読むんじゃなくて、間《ま》や緩急《かんきゅう》、身振《みぶ》り手振《てぶ》りをつけてみたらどうかな。全体の尺が変わってくると思うよ」

「……やってみる」

いづみのアドバイスを聞いて、莇が素直《すなお》にうなずいていると、左京が横から口を挟んできた。

「一人芝居のことは、そいつ一人でなんとかすることだろ。世話焼かなくていい」

「ええ？」

突《つ》き放《はな》すような言葉を聞いて、いづみは思わず目をむく。

「……クソ左京」

莇がぼそっとつぶやくと、すぐさま左京の目が吊《つ》り上《あ》がった。

「あぁ？」

再び火花を散らし始める二人を見て、いづみの顔が引きつる。

(問題といえば、左京さんもその一つだな)

元々芝居に関することには厳しい左京だが、莇に対してはとりわけ当たりがきつい。身内だからこそなのだろうが、ともすれば理不尽《りふじん》ともとれる対応は、莇のやる気を削《そ》ぎかねない。

いづみは少し考えると、壁際《かべぎわ》に背をもたれて立っていた万里に、そっと近寄った。

「……万里くん、万里くん」

「あ？」

片眉を上げる万里に耳打ちする。

「……一人芝居の進捗《しんちょく》についても、ちょっと気にしてあげてくれる？」

険悪なムードを漂《ただよ》わせている莇と左京の方へちらりと視線を向けると、万里はいづみの言わんとすることを察したように、小さくため息をついた。

「……はぁ。わぁったよ」

そう言って肩《かた》をすくめる万里を見て、いづみはほっと胸を撫《な》で下《お》ろす。万里が、二人の緩衝材《かんしょうざい》になってくれることに期待するしかなかった。


その夜、いづみと左京は談話スペースの片隅《かたすみ》でミーティングを開いていた。

議題は秋組公演のスケジュールについてだ。このスケジュールをもとに、脚本や衣装《いしょう》、フライヤーなど様々な段取りが組まれていく。

「……秋組公演の日程なんですけど、この辺りでどうですかね」

いづみがカレンダーを指し示しながらたずねると、左京は小さくうなずいた。

「ちょうどいいんじゃねぇか」

「じゃあ、この予定で進めます」

「ああ」

スケジュール帳に予定を書き込む左京の顔を見つめながら、いづみはふと莇のことを思い出した。

「……莇くんの一人芝居、楽しみですね」

そう口に出すと、左京はペンを走らせていた手を止める。

「どうせ、いつかの摂津みたいに適当な芝居して、あの人にこき下ろされて終わりだ」

あの人、とは鹿島雄三のことだ。旗揚げ公演の稽古では、万里を筆頭にメンバー全員が散々《さんざん》な評価を受けた。

「ウソの内容にしてくるってことですか？」

一番酷評《こくひょう》された万里は、ポートレイトの課題に真剣に向き合うことなく、事実とは異なるエピソードをでっち上げた。莇も同じことをするというのかと、いづみが声をひそめる。

「ああ。ま、そんなことすりゃ、俺にはすぐわかるけどな」

左京はあっさりうなずくと、そう続けた。

「莇くんの少年時代のこと、知ってるんですか？」

「知ってるも何も……忙《いそが》しい会長の代わりに、俺がほとんど面倒見てやってた」

身内とは言っていたが、幼い頃からの付き合いとは思わず、いづみが目を見開く。

「そうだったんですか。じゃあ、お芝居にも左京さんのことが出てくるかもしれませんね」

いづみの言葉を聞いて、左京は視線をそらした。

「……どうだかな。あいつにはとことん嫌《きら》われてる……まあ、自業自得《じごうじとく》だが」

自嘲的な笑みには、後悔《こうかい》のようなものがにじんでいる。

いづみは左京の表情を見つめながら、以前泉田家の屋敷《やしき》に招待された時のことを思い出していた。

左京が主演を務めた新生秋組第三回公演の『任侠伝《にんきょうでん》・流れ者銀二《ぎんじ》』には、泉田自ら観劇に訪《おとず》れ、打ち上げも泉田の好意で屋敷で行われた。銀泉会が総出で左京の初主演を祝ってくれた。

それだけに、莇と左京の不仲が、いづみには不思議だった。

(前に会長さんや銀泉会の人たちに会った時、大きな家族みたいに見えたんだけど、どうして二人は仲が悪いんだろう。莇くんも迫田さんのことは慕《した》ってるみたいだし……。もしかしたら左京さんと莇くんも、あんな風に仲がいい時があったのかな……。何か、険悪になってしまうきっかけがあったのかも……)

いづみにはそんな風に思えてならなかった。

万里が中庭の扉を開けると、莇の声が聞こえてきた。

『これが、俺の少年時代……』

月明かりの下、ノートを片手にセリフを読み上げる莇の姿を、万里がじっと見つめる。

「なんだよ？」

莇が居心地悪《いごこちわる》そうに万里の方を見ると、万里がにやっと笑った。

「ちゃんと練習してんじゃん」

「……そりゃあな」

肩をすくめる莇に近づいて、ノートを覗き込む。

「進みは？」

「まぁまぁ」

莇はそう答えると、隠《かく》すようにノートを閉じた。

「できてるとこまで見せてみ」

「まだ途中《とちゅう》だし」

「いいから。あのオッサン見返してぇんだろ」

万里がそう促すと、渋《しぶ》っていた莇が口をつぐんだ。

「はい、どーぞ」

そう言いながら、どかっとベンチに座り込む。

葝は諦《あきら》めたようにため息をついて、再びノートを開いた。

『俺は、あいつの言葉を胸に生きていく……』

「おわり」

葝は拳を胸に当てて、最後のセリフを告げた。

そうまとめて、万里の方に視線を向けると、万里はゆっくりと首を横に振った。

「……全っ然ダメだな」

「あぁ!?」

一刀両断《いっとうりょうだん》されて、葝が思わず突《つ》っかかる。

万里は葝の反応も意に介さず、肩をすくめた。

「離《はな》れ離《ばな》れになった親友の話って、感動もんだけど作り話だろ」

万里の鋭い指摘に、葝が言葉を失う。その反応が肯定《こうてい》の証《あかし》だった。

万里は地面に視線を落として、小さく笑う。

「こうやって客として見るとわかるもんだなぁ……なるほど」

「あ？」

しみじみとした万里のつぶやきを聞いて、莇がいぶかしげに眉を顰める。

「いや、こっちの話」

万里の脳裏《のうり》には、同じように雄三といづみに看破《かんぱ》されたかつての自分の姿が浮かんでいた。

「別に、作り話でもいいだろ。クソ左京以外にはばれねぇし」

ふてくされたような表情の莇に、過去の万里が見事に重なる。

「仮に客はだませたとしても、監督ちゃんと雄三さんは絶対無理だぞ」

万里が確信を持って言いきる。

「なんで――」

「作り話は本物にはかなわねぇ。特に経験の浅い役者がやると、どうしても薄《うす》っぺらくなんだよ」

莇を正面から見据《みす》えて告げると、そこでふ、と口元をゆがめて笑う。

「ま、俺がこれ言うとブーメランにもほどがあっけどな……」

万里はそう言いながら、立ち上がった。

「莇、明日の午後空《あ》けとけ」

「明日？」

「作戦会議に付き合ってやる。予定があっから、ずっとは無理だけどな」

「別に手伝ってもらわなくてもいーんだけど」

「左京さんに鼻で笑われてもいいなら、それでいーけどな」

ありがた迷惑《めいわく》と暗《あん》に告げる莇に、万里は臆《おく》せずに続ける。途端に莇が口をつぐんだ。

「どうすんだ？」

「……わかった」

万里が莇の心を見透《みす》かすように返事を待つと、莇は不承不承といった様子でうなずいた。

第1章

ボーイフッド・コラージュ1　摂津万里

ガキの頃《ころ》から、人よりなんでもうまくできた。

スポーツテストも国語のテストも算数のテストも、なんでも一番しかとったことがない。

一番をとるたびに、家族も周りもやたらと俺《おれ》のことをほめてくれた。

天才だ、なんでもできてすごい、将来が楽しみだ——別に一番になるために特別何か努力をしたわけじゃないが、手放しの称賛《しょうさん》に悪い気はしなかった。

でも、いつからだろう。

周りの視線が「また万里《ばんり》」から「どうせ万里」に変わったのは。

一緒《いっしょ》に走るサッカー部のエースも、同じクラスの秀才《しゅうさい》気取りも、どうせ勝てないからと手を抜《ぬ》くようになった。

お決まりの一番に、家族のリアクションも次第《しだい》に薄《うす》くなって、百点のテストもオール5の通信簿《つうしんぼ》も、自分から見せることはしなくなった。

周りのすべてが急激に色あせて、手ごたえのないつまらないものになっていったのは、その頃からだ。

何もかもめんどくさくて、退屈《たいくつ》で、ある日思い立って家出した。

このどうでもいい世界が突然《とつぜん》息苦しく感じて、抜《ぬ》け出《だ》せるなら、行先はどこでもよかった。

川沿いを延々と歩いてどこか違《ちが》う場所に行けば、きっとこんな最低な気分から解放されるんだろうと、そう思った。

昼過ぎから歩き始めて、そのうちに日が暮れて、街灯のない河原は冗談《じょうだん》かと思うくらい真っ暗になった。

さめたガキだった俺は、焦《あせ》るでも怖《こわ》がるでもなく、ただ急にバカらしくなっていった。疲《つか》れたし、足元は見えねぇし、親に怒《おこ》られんのもめんどくせーってなって、近くで拾ったタクシーに乗って自分で家まで帰った。

……あんなに歩いたのに、帰る時はあっという間《ま》だったのを覚えてる。

タクシーの窓から流れる風景を見ながら、ふと、俺の生きてる世界って全然狭《せめ》ぇのかなって思った。

この狭ぇ世界の外にいる奴《やつ》が、いつか俺をぶっ倒《たお》しに来るのかもしれない——。

最近はすっかり忘れてたそんなワクワクするような期待が、不意に胸に湧《わ》き上《あ》がってきた。

俺のどうってことない家出で得たものは、外の世界にあるまだ見ぬ何か、まだ会ったことのない誰《だれ》かに対する期待、それだけだ。

でも、それだけで十分だった。

まあ、その後たまたま家にいたねーちゃんがバカ高いタクシー代を払《はら》ってくれて、めちゃくちゃ殴《なぐ》られたのもいい思い出だ。

ファミレスのドリンクバーから持ってきたコーヒーを一口飲んで、万里は片肘《かたひじ》をついた。

「俺だったら、プチ家出しました〜程度の記憶《きおく》の断片《だんぺん》で作るけどな。少年時代の一人芝居《ひとりしばい》」

「プチ家出？」

向かいの席で怪訝《けげん》そうな顔をする莇《あざみ》の方へ、顎《あご》をしゃくる。

「今のお前みてーなやつ」

「プチじゃねぇし。そもそも、プチじゃ大したドラマにならねーじゃん。一位じゃねーと劇団入れねーし。お涙頂戴《なみだちようだい》が一番手っ取り早いだろ」

葝が明らかに不満そうな顔で反論すると、万里は小さく息をつく。

「……昨日も言っただろーが。実話ならまだしも、技術もねぇのに薄っぺらいハッタリの芝居されても、目の肥えてる客にはなんにも響《ひび》かねぇんだよ。本物の『少年時代の思い出』なら、欠片《かけら》とか切《き》れ端《はし》でもいい。大層なストーリーにしようなんて考えは捨てろ。ポートレイトで客が観《み》てぇのは、生身のお前の本気、役者としての可能性だ。ドラマチックな物語じゃねぇ」

真剣《しんけん》な表情で言いきる万里の顔を、葝がじっと見つめる。

「なんでもいいから、思い出に残ってる子ども時代のエピソードとかねぇのかよ」

そう問いかけられると、葝はふいっと顔をそらした。

「ほとんどクソ左京《さきよう》が知ってることだから、アイツの前ではやりたくねー」

ふてくされたような表情は、やけに子どもっぽい。

「お前、ずっと左京さんと一緒だったのか?」

「親が忙《いそが》しいから、世話係のクソ左京に四六時中付きまとわれてた。ヤクザのくせに、行儀《ぎようぎ》作法がどうの、成績がどうの、経済観念がどうのってうるせーのなんの……」

心底うんざりしたような様子の葝の言葉を聞いて、万里も同情するように笑う。

「あのオッサンとマンツーマンとは……おっ。じゃ、親の話とかは？」

「……それはもっと嫌《いや》だ」

莇の顔がこわばった。心を閉《と》ざすように表情が消える。

「……じゃあ、それ以外でなんか考えるしかねぇだろ。思い出してみろよ」

万里はそれ以上深く突《つ》っ込《こ》むことはせず、そう促《うなが》した。

莇が考え込むように視線をテーブルの上に落とす。

しばらくの沈黙《ちんもく》の後、万里はコーヒーカップを傾《かたむ》けながら、口を開いた。

「……そういや俺もガキの頃、家出したことあるぞ。お前ほど長い期間じゃなかったけどな。もっと短い日帰り家出」

「……そういうのなら、俺も一回、小せぇ頃にしたことある」

「んじゃ、それにすれば。ま、何やっても、左京さんにはボロカス言われるかもだけどな」

万里が揶揄《やゆ》するように口元をゆがめると、莇が眉《まゆ》を顰《ひそ》める。

「実話やればいいんじゃねーのかよ」

「それは最低限の話だろ。あのオッサンには俺たちも旗揚《はたあ》げから色々言われてっからな。うぜーっていう気持ちはわかる」

「へぇ……」

万里の実感のこもった言葉を聞いて、莇の表情が和《やわ》らぐ。

「あのオッサン旗揚げ公演の時、俺と兵頭《ひょうどう》の連携《れんけい》が取れてねぇって手錠《てじょう》でつなぎやがったんだぜ？　頭おかしいだろ」

「手錠？」

莇がわずかに目を見開く。万里がその時のことを思い返しながら短く笑った。

「無茶苦茶だろ。ま、多少はそのおかげもあって？　公演はうまくいったけどな」

「ふーん……」

「第二回公演は臣《おみ》が主演だった。左京さんが臣は主演経験しといた方がいいって言ってさ。たしかに、あの公演で臣は一皮むけたな。気持ちの整理がついたっつーか、腹が据《す》わった感じ」

万里はまた一口コーヒーを飲むと、先を続けた。

「で、第三回は左京さんが主演。あの人が寮《りょう》出てくとか出てかないとかでひと騒動《そうどう》あったんだよな。肝心《かんじん》なところで言葉たりねーから、こっちも苦労すんだよ」

「……何、それ。秋組《あきぐみ》の歴史？」

聞かれもしないことを話しだした万里に、莇が問いかける。

「そ。一応新入りには話しといた方がいいだろ」

「まだ決まってねぇし」

「なんとなく入りそうな気がすっからさ。ただの勘《かん》だけど」

万里の軽い言葉を聞いて、莇があきれた表情を浮《う》かべる。

「本番三日前で人のポートレイト白紙にさせといてか」

「よゆーよゆー。俺なら一日で終わるし」

万里はそう言ってコーヒーを飲み干すと、伝票を持って立ち上がった。

「んじゃ、俺、これから用事あっから。せいぜいがんばれ」

そう言い残して去っていく万里を、莇はため息をついて見送った。

考え込むように肘をつく。

「小さい頃の家出……正直よく思い出せねーけど、アイツにでも聞いてみっか」

そうつぶやいて、テーブルの上に置いたスマホにちらりと視線を向けた。


緑があふれる店内の隅の席に月岡紬《つきおかつむぎ》がゆったりと座《すわ》っていた。

夜はバーになるそのカフェには、バーカウンターが備えてあり、明るすぎず暗すぎない落ち着いた雰囲気《ふんいき》が漂《ただよ》っている。控《ひか》えめな音量でジャズの流れる店内で、紬は文庫本を開いていた。

ページを繰《く》った時、向かいの席に万里が座った。

「わり、待たせた」

紬は本を閉じながら穏《おだ》やかに微笑《ほほえ》む。

「全然。気にしないで」

「意外と時間かかっちまってさー」

万里は店員にコーヒーを注文すると、ソファに身を沈《しず》めた。

「莇くんの練習に付き合ってたんでしょ」

にこにことうれしそうに相好《そうごう》を崩《くず》す紬の顔を見て、万里があきれたような表情を浮かべる。

「なんでアンタがうれしそーなんだ」

「カンパニーの仲間が増えるのって、うれしいじゃない。新しい子の演技が刺激《しげき》になったりするし」

「ほんと演劇バカだよな」

学生の頃から演劇に打《う》ち込《こ》んでいた紬の筋金入《すじがねい》りの演劇バカぶりは、劇団員全員が知るところだ。万里の口ぶりにも驚《おどろ》きはない。

「莇くんの様子はどう？　アンケートで一位とらなきゃいけないんだよね」

「まーなー。かなりの負《ま》けず嫌《ぎら》いっぽいから、そこそこいけんじゃね」

先刻の莇の様子を思い返すように、視線を上の方に流す。

「秋組にぴったりだね」

「何が？」

紬の指摘《してき》を受けて、万里が怪訝そうに首をかしげる。

「負けず嫌い」

「あー……そういう奴多いな」

万里が言葉を濁《にご》しながら答えると、紬が笑《え》みを深めた。

「リーダーを筆頭にね」

「負けず嫌いっつーか負けたことねーし」

ケンカやポートレイトで十座に負けたことは棚《たな》に上げる万里を見て、紬が笑い声を漏《も》らした。

「ふふ。結構入れ込んでるよね。莇くんに。なんだかんだ面倒《めんどう》見てるし」

「アイツなら入っても面倒くさくなさそうだし。左京さん相手に面と向かってボロクソ言ってんのが、見てて面白《おもしろ》い」

「もう、万里くん……」

紬がやんわりとたしなめると、万里がニヤリと笑う。

「ま、ああいう食ってかかる奴が一人くらいいる方がいいだろ。あのオッサンにとっても」

「そういうことか。ちゃんとメンバー間《かん》のパワーバランスも考えてるんだ？　リーダーとして」

「まあな」

万里はそれ以上説明しようとしなかったが、紬には秋組全体のことを考えているのだと伝わっていた。

秋組と冬組《ふゆぐみ》と組は違えど、同じリーダーである紬だからこそ、万里の考えがよくわかった。旗揚げ公演から二回、三回と公演を重ねてチームとしてまとまりの出てきた今、新入団員が入ることには、メリットとデメリットの両面がある。リーダーとして全体を見て、うまくバランスをとらなければならない。

考え込むように沈黙する万里を、紬が労《いた》わるような優《やさ》しいまなざしで見つめていた。

バルコニーの明かりの下で、夜遅《よるおそ》くまでノートを前に頭を抱《かか》える莇の姿は、ここ数日お決まりの光景となっていた。

ペンを持つ莇の手は一向に動かず、代わりに何度目かわからないため息が漏れる。

「あー……やっぱり思い出せねー……」

ぐしゃぐしゃと頭をかき混ぜると、莇はスマホを手に取った。

連絡先《れんらくさき》の中から一人を選んで、通話ボタンを押《お》す。

呼び出し音は数回繰《く》り返《かえ》した後、途切《とぎ》れた。

「……もしもし？」

電話口から声が聞こえてくると、莇の顔に苦笑いが浮かぶ。

「……あー、悪い。適当にごまかしといて……ん、助かる……わかってるって。それより、なぁ、ガキの頃に家出したこと覚えてるか？　そうそう……は？　なんだそれ……ははは、バーカ！　ねーよ！」

寮では見せないような屈託《くったく》のない笑顔《えがお》を見せる。

「あー、そんなことあったわ。くだらねー。つーか、よく覚えてんな……。もーそれでいいか……いや、なんでもねー。こっちの話。あ？　夕飯の手伝い？　あー悪いな。忙しい時間に……。おー。助かった。んじゃ」

電話を切る莇の表情は、さっきよりも明るい。

「相変わらず仲いいな、あいつんち……それに比べてうちは……」

つぶやきと共に、莇の顔に影《かげ》が落ちた。

雄三《ゆうぞう》の劇団が公演を行う劇場は、ＭＡＮＫＡＩ劇場よりも一回り大きかった。

いづみは雄三や秋組メンバーと共にほぼ満員の客席の合間を縫《ぬ》って歩き、中央付近の座席に並んで座った。

（すごいお客さんの数……ここの劇団の公演、かなり評判いいもんね。客席は満員で舞台《ぶたい》も大きいし、初舞台でこの状態はかなりのプレッシャーだ）

今日は雄三に指定された莇のポートレイト発表の日だった。今さらながら、雄三の出した条件の厳しさを実感し、いづみは内心不安になる。

「莇くん、大丈夫《だいじょうぶ》ですかね……」

「ふてぶてしい奴だからな。この程度ではビビんねぇだろ」

いづみがそっと隣《となり》の左京に声をかけると、左京は腕組《うでぐ》みをしたままじっと緞帳《どんちょう》を見つめて答えた。

「莇のこと、よく知ってるんですね」

「学校の発表会でも緊張《きんちょう》の一つもしねぇ可愛《かわい》くねぇガキだったからな」

臣が感心したように言うと、左京が小さく鼻を鳴らす。

「ちゃんと観に行ってんのか」

「お父さんみたいッス！」

万里と太一《たいち》がすかさず反応すると、左京は忌々《いまいま》しげに舌打ちをした。

「……ちっ。もう始まるぞ。黙《だま》れ」

直後、開演ブザーが鳴った。

幕が上がると、最初に今回の前座の趣旨《しゅし》が説明され、ポートレイトが始まった。

(莇くんの出番は最後か……他の役者も雄三さんが面倒見てるだけあって、みんな完成度が高い。新人だけに緊張してるのは目立つけど、しょうがないよね)

いづみは順に披露《ひろう》される多種多様なポートレイトを見つめながら、莇に思いをはせる。

（左京さんはああ言ってたけど、莇くんだってきっと緊張するだろうな……）

いづみは不安を胸に、莇の順番を待った。


一方その頃、舞台袖《そで》では、莇が他の役者の芝居を観ながら顔をしかめていた。

揃《そろ》いも揃って緊張している姿を見ていると、莇にまで緊張が移りそうになる。

「……ちっ」

苛立《いらだ》ちのままに舌打ちをした時、背後で声がした。

「あ、いた！」

「しーー！　九《きゅう》ちゃん、声大きいよ……」

振《ふ》り返《かえ》ると九門《くもん》と向坂椋《さきさかむく》が駆《か》け寄《よ》ってくる。

九門は莇の前に立つと、大きく手を広げた。

『やあ、こんにちは！　オレは舞台にすむ妖精《ようせい》だよ！　今日はキミを応援《おうえん》するためにやってきたんだ！』

続いて椋がその隣で、優雅《ゆうが》に頭を下げる。

『やあ、こんにちは！　ボクは舞台にすむ妖精だよ！　今日はキミを失敗させるためにやってきたんだ』

「は……？」

小芝居《こしばい》が突然始まって、面食らったように莇が目を見開く。

『こら！　なんで失敗なんてさせるんだよ！』

『キミこそ、応援なんてしてどうするの。普通《ふつう》に成功したってつまんないじゃない』

九門が手をパタパタと動かしながら頬《ほお》を膨《ふく》らませれば、椋はいたずらっぽく微笑む。

『みんなここまで必死に練習してきたんだよ？　失敗なんてさせたら、かわいそうじゃないか！』

『努力を積み重ねた後一気に崩す瞬間《しゅんかん》が楽しいんじゃない。ドミノを並べた後倒さないなんて、それなんてマゾプレイ？』

『そういう問題じゃない！』

莇が無言で二人を見つめていると、椋は戸惑《とまど》ったように芝居を止めた。

「あ、莇くん……？」

「えっと、オレはこれで緊張ほぐれたから……」

九門が焦ったように説明すると、莇の相好が崩れた。

「……はっ、余計な気回してんじゃねーよ。しかも妖精って、手パタパタさせてるだけか」

「そこは心の目で羽として見て！」

突っ込みに九門が反論すると、莇はさらに噴《ふ》き出《だ》した。

「くだらねー」

「泉田《いずみだ》莇くん、お願いします！」

スタッフの声かけで、莇が真顔になる。

「がんばってね！」

「がんばれ、莇！」

椋と九門の応援を背に、莇は舞台へ向かって一歩足を踏《ふ》み出《だ》した。


莇が舞台の中央に立つと、いづみはぎゅっと両手を組んだ。

（莇くんがどうか練習通りにやれますように……）

いづみが祈《いの》るような気持ちで見守る中、莇は一つ呼吸をすると、口を開いた。

「六番、泉田莇」

はっきりとした声は、まっすぐ客席まで届く。たたずまいも、あくまで自然体でいつも通りの莇だ。

（あれ……？　全然緊張してない？　すごく堂々としてる……）

いづみが拍子《ひょうし》抜《ぬ》けしていると、莇は、す、と芝居に入った。

『……五歳《さい》の時の話だ』

（今までの役者と比べると差がよくわかる。肩《かた》の力が抜けてる）

「五歳か……俺と出会う前の話だな」

左京の微《かす》かなつぶやきは、莇のセリフにかき消された。

第2章

ボーイフッド・コラージュ2　泉田勁

俺《おれ》は人生で二度、家出したことがある。

一度目は幼馴染《おさななじみ》の志太《しふと》の付き添《つそ》いだった。

志太は父親がいない家庭で育った。家も近所で、片方の親がいないっつー境遇《きょうぐう》も似ていたこともあって、しょっちゅう一緒《いっしょ》に遊んでた。もう兄弟みたいなもんだ。

家出のきっかけはささいなことだったと思う。

志太の母親が夜の仕事に出かけた後、留守番に付き合ってると、テレビで古い映画が始まった。昔流行《はや》った映画らしいけど、題名も覚えてない。

ただ、少年グループが延々線路沿いを歩いていくってことだけ、やけに印象に残ってる。

それがなんだか知らないけど、志太の心に響《ひび》いたらしい。俺たちも冒険《ぼうけん》に行こうって言いだした。

今思えば、仕事で留守がちな母親に対するフラストレーションでも溜《た》まっていたのかもしれない。でも、その頃《ころ》の俺にはわからなかった。ただ面倒《めんどう》だなと思いながらも、俺は付き合うことにした。

決行は翌朝。思いつく限りの冒険に必要な道具をリュックに詰《つ》めて、近くの廃線《はいせん》になった線路に向かった。

最初は調子よく進んでた。冒険ってフレーズだけでテンションは高いし、遠足気分で持ってきたおにぎりだとかお菓子《かし》を食べて、歩き続けた。

最初のつまずきは志太がヘビを見つけて追いかけまわしたこと。

くねくね逃《に》げるヘビを追いかけて、志太は見事にすっ転んだ。擦《す》りむいた膝《ひざ》と手の平から血がにじんで、志太本人も俺も大騒《おおさわ》ぎした。

しかも、あれだけ準備万端《ばんたん》だったはずのリュックの中には、ばんそうこうの一つも入ってなかった。揃《そろ》いも揃って二人とも。

しょうがないから水筒《すいとう》の水で洗うだけ洗って、作戦会議に入った。議題はこのまま冒険を続けるか、引き返すか。

はしゃいでヘビを追いかけた挙句《あげく》、転んであっさり引き返すっていうのは、志太にとってもプライドが許さなかったんだろう。

志太は続行を主張した。俺も特に反対する理由はなかったから、志太に賛成した。

次のつまずきは、それから間もなく。線路が突然途切《とぎ》れた。

はるか昔に廃線になったんだから、そうそうずっと続いてるはずもない。その先は歩道として整備されることもなく、当然雑草がぼうぼう生《は》えてる。

大人ならそこで引き返す。でも五歳《さい》の俺たちはバカという名の勇気を武器に突《つ》き進《すす》んだ。

自分たちの腰《こし》くらいまである草むらの中を。

当然葉っぱだの小枝だのに引っかかれて手足は傷だらけだ。

でも、その時の俺たちは果敢《かかん》にジャングルを突き進む兵士みたいな目をしていたと思う。

その日は秋の肌寒《はださむ》い日だった。

朝は晴れていた空が、歩くにつれてどんどん曇《くも》ってきていた。

そこで引き返しておけばよかったんだろう。残念ながら、五歳の俺たちにはそれくらいの知恵《ちえ》がまだなかった。それが最後のつまずきだ。

ぽた、ぽたと顔に雫《しずく》が落ちてきたと思ったら、あっという間に土砂降《どしゃぶ》りになった。

俺たちはさらに最悪なことに、リュックに傘《かさ》とかレインコートの類《たぐい》を一つも入れてなかったのだ。あれだけ準備は万端だったはずなのに。

おかげで全身ずぶ濡《ぬ》れ。靴下《くつした》も靴も大量の水を含《ふく》んで、歩くたびにぐじゅぐじゅ気持ちが悪い。服は体に貼《は》りついて、顔にはとめどなく雨がしたたり落ちてくる。雨を含んだリュックは重いし、周りを取り囲む草は全身にまとわり付いてくるしで、とにかく最悪だった。

作戦会議は必要なかった。俺たちは、言葉もなく来た道をとぼとぼ引き返した。

その後のことはよく覚えてない。とにかく叱《しか》られて、怒鳴《どな》られて、翌朝は熱で頭がもうろうとしてた。

熱が下がって志太に会いに行ったら、あいつは俺よりひどいことになって入院してた。今となっては、そんなのも全部あいつとの笑い話だ。

『……で、それから今年でちょうど十年経《た》った。十年経って……俺はまた、今まさに家出してる。今度は付き添いじゃなく、自分の意志で』

現代の姿に戻《もど》った莇《あざみ》が、自らの胸を軽く叩《たた》く。

『十年前の俺は今思い出してもマジでダセェと思うけど、あの時は必死だった。今も。いや、今の方が数倍。冒険でもなんでもないけど、俺にとっては譲《ゆず》れない、大事なもんを守るための家出だ』

莇はそこで、手のひらを見下ろした。

『十年後、二十五歳の俺が今の俺を思い返したら、きっと、またダセェって思うのかもしれない。でも、十五の今、この真剣《しんけん》さが今の俺にとってはホンモノなんだってわかる。だから俺は、ダサくてバカな五歳の俺のことも、まあ、認めてやろうかと思う。あの頃の俺は俺で、五歳の自分に何ができるのか、必死になって証明しようとしてたから。十五の俺はこの家出で何を見つけるのか。まだ答えは出てない。でも必ず見つけて証明してみせる。俺が俺として生きる意味を……』

ぐ、と拳《こぶし》を握《にぎ》り締《し》めると、挑《いど》むかのように前に突《つ》き出《だ》した。客席を射抜《いぬ》くように見据《みす》えるまっすぐなまなざしが観客の胸を突く。

沈黙《ちんもく》の後、葙は両手をだらりと垂らした。

「……以上」

そう言って頭を下げた葙を、拍手《はくしゅ》が包む。

どの役者よりも大きな拍手だった。

(すごい。最後まで堂々とやりきった……！　少年時代の思い出から、今の自分の話につなげて、等身大の葙くんの良さが伝わってきた)

いづみも感心しながら拍手を送る。

と、隣《となり》からほっとしたようなため息が聞こえてきた。

見れば、左京《さきょう》が肩《かた》の力を抜《ぬ》いた様子で手を叩いている。

(左京さんも内心心配してたのかな。ちょっとほっとした表情をしてるような……)

そう思っていると、雄三《ゆうぞう》の面白《おもしろ》がるようなつぶやきが聞こえてきた。

「アンケート、見るまでもねぇか」

「……ちゃんと集計してください」

そう告げる左京の声に険《けん》はない。

(左京さんもきっと結果がわかってるんだろうな……。内容以前に、まず舞台《ぶたい》に立つ姿勢、度胸の良さっていう点で、莇くんが際立《きわだ》って見えた)

「あいつの芝居《しばい》、もっと背伸《せの》びしたカッコつけで来ると思ったら、ずいぶんと素直《すなお》な内容だったな。どっかの誰かがやったハッタリ芝居とは大違《おおちが》いだ」

いづみが改めて莇の芝居を評価していると、左京もしみじみとつぶやいた。最後に付け加えられた言葉には、耳ざとく万里《ばんり》が反応する。

「聞こえてんぞ、オッサン」

「万里くん、指導の成果が出たね」

いづみが微笑《ほほえ》みかけると、万里もにやりと笑った。

「まーまーじゃね」

言葉のわりに、その声は明るい。

(万里くんもうれしそうだな。莇くんは、他の年上の役者にはできない、最年少だからこそできる等身大の一人芝居をした。見ていて、爽《さわ》やかな清々《すがすが》しさを感じるような……。きっとその良さは、お客さんにも伝わってるはずだ)
他の役者と共に晴れやかな表情で再び舞台の上に戻ってきた莇に、いづみは最大限の賛辞を込《こ》めて大きな拍手を送った。

その夜、寮《りょう》の談話室では莇のオーディション合格祝賀会兼歓迎会《けんかんげいかい》が行われた。

「改めて、莇くん、オーディション合格おめでとう！」

いづみがビールを片手に乾杯《かんぱい》の音頭《おんど》をとると、万里や臣《おみ》、十座《じゅうざ》や太一《たいち》といった秋組《あきぐみ》メンバーもコップを掲《かか》げる。

「おめー」

「おめでとう」

「よくやったな」

「おめでとうッス！」

莇が軽く頭を下げて応《こた》えていると、迫田《さこだ》が満面の笑《え》みで肩を叩いた。

「よかったな！　おれがファン一号になってやるよ、あざみ！」

莇がうれしそうに顔をほころばせるも、すぐにちらりと左京の方へと視線を投げる。

「ケンさん、クソ左京のファン一号なんだろ？　俺とどっちを一番に応援《おうえん》してくれんの」

「ええ⁉」

迫田が究極の選択《せんたく》を迫《せま》られて、顔をこわばらせると、左京が小さく鼻を鳴らす。

「んなもん、兄貴分の俺に決まってんだろうが」

「もちろんっす！」

間髪《かんはつ》入れずに迫田が答えると、莇の目が据《す》わる。

「へー、俺じゃないんだ」

「そ、そんなことねぇよ！」

「おい」

すかさず否定する迫田に、左京が低い声で突《つ》っ込《こ》んだ。途端《とたん》、びくっと迫田が飛び上がる。

「なあ」

莇からも詰《つ》め寄《よ》られて、迫田の顔が青くなる。

「あわわわ……！」

その様子を横で見ていたシトロンや千景《ちかげ》が、面白がるようにはやし立てる。

「モテ期到来《とうらい》ネ！」

「ヤクザハーレムか」

見ようによっては迫られているように見えなくもない。ただ迫田の表情が表情だけに、脅《おど》されているようにしか見えなかった。

「これだけうらやましくないハーレムも珍《めずら》しい」

至《いたる》のつぶやきに、その場にいた全員が同意する。

いづみも内心うなずきながら、助《たす》け舟《ぶね》を出そうと勛に声をかけた。

「勛くんも本格的に入団となると、親御《おやご》さんの許可をもらわないとね」

「え……」

勛が一瞬《いっしゅん》言葉を失った。表情も固まっている。

勛の言葉を代弁するように、迫田がぶんぶんと手を横に振《ふ》った。

「いや、ばれたらぜってぇ連れ戻されるっす」

「でも、さすがに無断で入団させるわけには……」

今までも未成年の団員の保護者には全員、連絡《れんらく》を入れていた。勛だけ例外にするわけにもいかない。子どもを預かるいづみの責任だ。

勛が拳を握《にぎ》り締《し》めて黙《だま》り込《こ》んだ時、左京が横から口を挟《はさ》んだ。

「俺が保護者代わりみたいなもんだ」

はっとした顔で莇が左京を見つめる。まさか左京が自分の味方をするとは思わなかったのだろう。

「たしかに、世話役っすもんね」

「こいつのことは俺が責任を持つ」

迫田がうんうんとうなずくと、左京はさらに続けた。

「……そうですか？　左京さんがそう言うなら……」

いづみとしても、莇の事情を知る左京からそこまで言われたら、信じて任せる他なかった。

宴《うたげ》が進むうち、主役である莇は秋組以外のメンバーに囲まれていた。

「泉田《いずみだ》。お前サッカー好きなんだろ？」

冬組《ふゆぐみ》の高遠丞《たかとおたすく》が声をかけると、莇が少し面食らったように返事をする。

「え？　まあ……」

「サッカー部入らないか？　部員募集中《ぼしゅうちゅう》だ」

「あー、考えときます」

入団早々、団内部活のことまで考えられないのか、あいまいに返事をする莇に、丞と同じ冬組の有栖川誉《ありすがわほまれ》がぐいっと迫る。

「それより、詩はどうかね！　文芸部も絶賛募集中だよ！」

「お前一人しかいないのに部活も何もないだろ」

「綴《つづる》くんも所属しているのだよ。詩の朗読会には頑《かたく》なに参加してくれないが……」

丞の指摘《してき》に、誉が堂々と反論するが、後半がなんとも心もとない。

「遠慮《えんりょ》しとくっす」

「むう。どうしてみな詩の良さがわからないのだろう」

何かを察したらしい莇がさっきよりもはっきりと断ると、誉は残念そうに肩を落とした。

と、莇の後ろから夏組《なつぐみ》の三好一成《みよしかずなり》が軽く肩を叩いた。

「アザミン、おめ～！　メイク期待してるよん」

夏組の公演で、莇が担当したメイクは、団員にも観客にも好評だった。

「あざっす」

莇が礼を言うと、近くにいた冬組の雪白東《ゆきしろあずま》が微笑む。

「夏組の公演でも大活躍《だいかつやく》だったらしいね。莇に勧《すす》められたオイルを使ったら、肌《はだ》の調子が良くなったって幸《ゆき》が言ってたよ」

夏組の瑠璃川《るりかわ》幸の名前を出すと、莇が思い出したような声をあげる。

「ああ、どうしても公演中はメイクとかで肌が荒《あ》れがちだから、保湿《ほしつ》とカバー力《りょく》が高いオイルがいいんで……」

「ふうん。普段《ふだん》使うなら？」

　東が興味深そうにたずねると、莇はじっと東の肌を見つめた。それから、スマホを取り出して、コスメレビューサイトを表示させる。

「東さんの肌質なら、これとか、これ？　コスパがいいし、保湿効果が高めで、伸《の》びがいいから使いやすい」

　そう言いながら、いくつかの商品ページを見せると、東は納得《なっとく》したようにうなずいた。

「なるほどね。今度試《ため》してみようかな」

　二人の会話を横で聞いていたいづみも、思わず感心してしまう。

（なんだか、すごく本格的なレビューだ……）

「あと、たまに使うならこっちもアリ。寝《ね》る前に使うと、翌朝段違《だんちが》い」

「ああ、このメーカー、前から気になってたんだ」

　東の言葉から、きめ細かな東の肌は普段のお手入れの賜物《たまもの》でもあるのだろうことが伝わってくる。

「さすがアザミン、プロっぽいね～！」

「莇くん、そんなに色々試してるの？」

一成が声をあげ、いづみも思わずたずねる。

「まあ、自分で使ってみねーとわかんねーし。『#コスメ』にレビュー投稿《とうこう》とかしてっから」

「うそ。『#コスメ』のレビュアー?」

莇の言葉を聞いて、幸が驚《おどろ》いたように目を見開く。『#コスメ』は国内最大のコスメ・化粧品《けしょうひん》の口コミサイトだ。レビュアーは厳選されていて、それだけに信頼度《しんらいど》が高く、コスメ好きなら大体見ていると言われている。

「あのサイト、よく参考に読んでるよ」

「オレも。レビューの質高いよね」

「どーも」

東に幸が続けると、莇がぶっきらぼうながらもうれしそうに礼を言う。

(思った以上にプロ意識が高い……)

メイクの腕《うで》に関しては、すでに知っていたが、勉強熱心なこともうかがえて感心してしまう。

「じゃあ、アザミンはメイクも自分の顔で試してるんだ?」

「まーね。モデルとか頼《たの》めねーし」

一成の質問に、あっさりと莇がうなずく。

「へー、莇くんがメイクすると、どんな風になるの？」

いづみがたずねると、幸や東も続いた。

「舞台用じゃないのも見てみたい」

「ボクも興味あるな」

莇はやや垂れぎみな目にきりっとした眉毛《まゆげ》と、涼《すず》しげな整った顔立ちではあるものの女性的ではないだけに、メイクをするとどんな風に変わるのか、いづみを始め、みんな興味があるのだろう。

興味津々《きょうみしんしん》といったいづみたちに囲まれて、莇は気まずそうに視線をそらした。

「……無理」

「ええー。ダメ？」

思わずいづみが声をあげると、莇はごまかすように続けた。

「今度新しいメイク道具のお試しがてら監督《かんとく》にメイクしてやる。それでいいだろ」

「本当!? 楽しみにしてるね」

いづみは笑顔《えがお》で手を叩くが、莇はなぜか浮《う》かない表情だった。

「使い慣れてねーのばっかだから、うまくいかねーかもしれねーけど」

「一気に買《か》い換《か》えたの？」

「……ぶっ壊《こわ》されたからな」

ぼそりとつぶやかれた言葉は、はっきりと聞き取れず、思わず聞き返す。

「え?」

「なんでもねー」

莇はあいまいに首を振ると、先を続けた。

「とりあえず、経験積みたいから、メイクしてほしい奴《やつ》はいつでも言え」

莇の言葉を聞いて、すかさず東と幸の手が挙がる。

「じゃあ、今度ボクもお願いしようかな」

「オレも」

と、一成が思い付いたように声をあげた。

「あ! ねぇねぇ、もしかしたら経験バリバリ積めるチャンス、あげられるかも!」

「は?」

「ちょっと確認《かくにん》してみるから、今はまだナイショってことで!」

面食らった様子の莇に、一成は面白いことを思い付いたような表情でそれだけ告げた。

正式に左京と莇の部屋に決まった一〇六号室に、いつも通りの不自然な沈黙が流れていた。さっきまでの歓迎会の和気あいあいとした雰囲気《ふんいき》がウソのように、ぎこちない空気が漂《ただよ》う。

無言のまま寝巻《ねまき》に着替《きが》えた莇を、左京がじっと見つめた。

「なんだよ、まだ文句でもあんのか」

最初は無視していたものの、やがて耐《た》えかねたのか、莇が嫌《いや》そうに口を開く。

「……別に。オーディションに受かったのは事実だからな」

左京はあっさりと否定した後、ぽつりと続けた。

「……会長にはいつ話すんだ」

「めんどくせーから、いつか適当に話す」

あいまいにごまかすと、左京がため息をつく。

「……急に劇団入って役者やるなんて言ったら、驚くに決まってんだろうが。早く言え」

瞬間、莇がかっとしたように目を吊《つ》り上《あ》げた。

「だから、テメーにだけは言われたくねぇんだよ！」

唐突《とうとつ》に声を荒《あら》らげた莇を見て、左京が一瞬言葉を失う。

「稽古場《けいこば》以外であんま話しかけんな」

莇はそう言い捨てると、自分のベッドへともぐり込んだ。

全身から拒絶《きょぜつ》が伝わってくる。左京は小さく舌打ちをすると、部屋の明かりを消した。

再び沈黙に包まれた室内で、左京も自分のベッドに横たわる。

目を閉じた左京の脳裏《のうり》に、幼い頃の莇の声がよみがえってきた。

『なー、左京！　俺の夢……こっそり左京にだけ教えてやる！』

まだ声変わりをする前の甲高《かんだか》い声には今のような険《けん》はなく、左京への信頼感にあふれている。

『絶対誰にも言うなよ？　絶対だからな？』

今の莇との落差を思って、左京はそっとため息をついた。


「莇、そこはもっと声を張れ」

莇の芝居に、左京からすかさず指摘が入る。

「動きも小さすぎる」

「……ちっ。いちいちうるせーな」

莇は舌打ちしながらも、左京の言う通りに芝居をやり直した。

（入団後の初稽古《はつげいこ》から、左京さん、気合い入ってるな。なんだかんだ言いながらも、莇くんもそれに応えてるし……）

いづみは以前のように言い争うことのない二人に感心しながら、見守った。

「莇くん、さっきより良くなったね」

「……ふん」

いづみがほめると、莇もまんざらでもなさそうにそっぽを向く。

（空気はギスギスしてるけど、こういうモチベーションのあげ方もありかな？　でも、莇くんには左京さんへの対抗心《たいこうしん》だけじゃなくて、もっと芝居自体を好きになってもらえるといいんだけど……）

方向としては間違《まちが》っていないが、芝居への姿勢は役者を続けていく上で大事な部分だけに見過ごせない。いづみがどうアプローチするべきか考えていると、稽古場のドアが開いた。

「お疲《つか》れっすー」

「あれ？　綴クン、どうしたんスか？」

入ってきた綴の姿を見て、太一が首をかしげる。

いづみははっとして、時計を確認した。

「ああ、もうそんな時間だね。ここからミーティングにしよう」

「ミーティング？」

聞き返した十座にうなずいて見せる。

「そろそろ、次の公演の題材決めようと思って」

「あー六人揃ったし、もう準備しねーといけねー時期か」

万里が納得したように応えると、臣や太一も微笑んだ。

「次はどんな公演になるんだろうな」

「楽しみッス！」

「とりあえず、春組、夏組に続いて、新入団員の莇を主演、リーダーの万里を準主演にしたいと思うんだけど、どうかな？」

綴がそう切り出し、臣や万里や十座が次々に賛同する。

「問題ないんじゃないか」

「さんせー。千景さんも九門も主演やって一気に化けたし」

「いいと思う」

「莇くんはどう？」

いづみが問いかけると、莇も難なくうなずいた。

「別にいーっすよ」

（あ、あっさり……やっぱり、度胸があるな。初舞台《はつぶたい》であれだから、主演にプレッシャーを感じるってこともないか）

莇の反応に面食らいつつも、ポートレイトの様子を思い返しながら納得する。

「左京さんもいいですよね？」

いづみが続けて左京に確認すると、左京はちらりと莇に視線を送った。

「……いいんじゃねぇか。こいつにできるならな」

「ああ？」

揶揄《やゆ》するような言葉に、莇がすかさず反発する。そのテンポは小気味《こきみ》いいくらいだ。

（なんだか万里くんと十座くんみたいなコンビになってきた……）

いづみが妙《みょう》なところに感心していると、綴が先を続けた。

「じゃ、そういうことで、あとは題材なんだけど……莇はなんかやりたいこととかあるか？」

「せっかくやるなら、メイクがガンガンできるのがいい」

莇らしい返答を受けて、綴が腕《うで》を組む。

「メイクねぇ」

「……キラキラしたヤツか」

十座がぼそっとつぶやくと、万里が怪訝《けげん》そうな表情を浮かべた。

「なんだそれ」

「ひらひらした衣装《いしょう》で踊《おど》りながら階段降りてくるヤツだ」

「ぶっ……」

十座が大真面目に答えると、綴が噴《ふ》き出《だ》す。

（有名な女性歌劇団のことかな……⁉　た、たしかにメイクはガンガンできそうだけど……！）

いづみも思わず噴き出しそうになっていると、万里があきれたように突《つ》っ込《こ》んだ。

「てめーにそんなのできるわけねーだろ！」

「ああ？」

剣呑《けんのん》な雰囲気になりそうになったところで、太一が慌《あわ》てて割《わ》り込《こ》む。

「あ！　ビジュアル系とかどうッスか⁉」

「ああ、あれもメイクはばっちりだな」

「全員美白に長髪《ちようはつ》か……」

臣と十座がなるほど、といった様子でつぶやくと、いづみも続いた。

「バンドなら、ボーカルは万里くんで、ギターが十座くんと莇くんとか……？」

「いいッスね！　ベースが左京にぃで、俺っちがキーボード、臣クンがドラムとか！」

「意外と似合うかもな」

太一の提案に、綴がうなずくと、左京が顔をしかめた。

「勘弁《かんべん》しろ」

「メイクっていうと、特殊《とくしゆ》メイクとかも入るのか？」

「やったことないけど、調べればイケるかも」

万里の問いかけに、莇が首をかしげながら答える。

「まあ、本格的なものじゃなくても、それっぽいメイクだったらアリだよな」

「特殊メイクなー」

綴が考え込むように顎《あご》に手を当てる。

「ゾンビとか、アンデッドとかか」

「お前そのままでいけんじゃね」

十座のアイデアに、万里が揶揄するように口を挟んだ。

「てめぇには言われたくねぇ」

「ああ？　俺の顔のどこがゾンビだ」

睨《にら》み合《あ》う二人をよそに、臣が口を開く。

「異邦人《いほうじん》の時みたいなハードな世界観になりそうだな」

「アクションばりばり入りそうでいいッスね！」

「なんか、面白くなりそうかも」

太一や綴も乗り気で続ける。

「綴くん、何か思いつきそう？」

いづみがたずねると、綴は明るい表情でうなずいた。

「っす。プロット作ってみます」

「よろしくね！」

その夜、綴はバルコニーでノートパソコンに向かっていた。昼間のミーティングの内容を受けて、ひたすらプロットをまとめる作業に没頭《ぼっとう》する。

と、バルコニーの扉《とびら》を開けて、莇が姿を現した。

綴が気にせずタイピングを続けていると、後ろから莇がパソコンを覗《のぞ》き込《こ》む。

「……なあ」

「ん？」

「……それ、脚本《きゃくほん》のプロット？」

莇がパソコンの画面の方へ顎をしゃくると、綴がようやく手を止めてうなずいた。

「ああ。今まとめてるところ」

「リクエストとかしてもいいのか」

「リクエスト？　セリフ減らせとかは無理だぞ」

綴が釘《くぎ》を刺《さ》すと、莇があきれた表情で否定する。

「そんなんじゃねーし」

「なんだよ。一応聞くだけ聞いてやる」

「クソ左京の役を敵役《てきやく》にしてくれ」

軽い調子で促《うなが》す綴に、莇は真剣な表情で告げた。

「は？」

「アイツ、稽古中でもネチネチうるせーし、敵の役だったらすげーやりやすくなりそう」

心底嫌そうな莇を見て、綴が噴き出す。

「私情《しじょう》挟みすぎだろ。ま、一応考えてはみる。約束はしないけどな」

「よろしく」

莇は小さく手を上げると、それ以上ジャマはしないとばかりにさっさと去っていった。

その堂々たる後姿《うしろすがた》を見送って、綴が口元をゆるめる。

「……ったく、入団早々脚本にリクエストとは。大物だよな」

そして、ふと真顔になると、パソコンの画面に視線を落とした。

「敵役、か……」

つぶやくと、さっきよりもスピードを上げてキーボードを叩き始めた。

夏より日は短くなったものの、学生組が帰ってくる時間はまだ明るい。一人、また一人と帰宅して談話室に人が増えてきた頃、万里が乱暴にドアを開けた。

「てめー、部屋に洗濯物《せんたくもの》置きっぱなしにすんなって言ってんだろうが！」

冷蔵庫からおやつのプリンを取り出してきた十座を見つけるなり、吠《ほ》える。

「ああ？　まだ着んだよ」

「ふざけんな！　くせー汚物《おぶつ》放置すんな！」

十座が面倒そうに流すと、万里の勢いが増す。

「てめぇの方が整髪剤《せいはつざい》くせぇだろうが」

「ぶち殺す――！」

万里が殴《なぐ》りかかろうとした時、太一が談話室に駆《か》け込《こ》んできた。

「ヘルプッスー！　秋組集合！」

焦《あせ》った様子の太一に、談話室にいたいづみを始めとする秋組メンバーの視線が集中する。

「万《ばん》チャンも十座サンもケンカしてる場合じゃないッス！　一大事ッス！」

太一が万里と十座の間に割って入ると、二人同時に首をかしげた。

「――なんだよ？」

「どうした？」

「実は明後日《あさって》、俺っちの妹の幼稚園《ようちえん》で芸術鑑賞《かんしょう》会があるんスけど……。予定してた劇団が急きょ事故で来られなくなったらしくて、このままだと中止になっちゃうって……。妹が毎年楽しみにしてるのに、中止なんて可哀《かわい》そうッス！　年長だから、今年が最後なんス！」

　悲痛な表情を浮かべる太一を、いづみが同情しながら見つめる。

「そうは言っても、劇団丸ごと来られないってことなら、代役に立つわけにもいかないし……」

「だから、秋組全員で公演したいッス！」

　太一が両手を合わせて叫《さけ》んだ。

「って、幼稚園でか……？」

「俺たち秋組が……？」

「園児を相手に……？」

（いったいどんな公演をすれば……!?）

　万里、十座、臣、そしていづみが一斉《いっせい》に困惑《こんわく》の表情を浮かべた。

「いや、このメンバーで行ったら、園児ぎゃん泣きだろ。兵頭《ひょうどう》なんか誘拐犯《ゆうかいはん》かと思われるぜ」

「お前の方が変態だと思われるだろ」

「ああ!?」

十座の方へ顎をしゃくる万里に、十座が言い返す。

「ヤクザが幼稚園なんて行ってどうすんだ」

左京もあり得ないとばかりに首を横に振ると、臣も頭を掻《か》いた。

「他の組の方が無難じゃないか？　夏組とか」

「園児が喜びそうだな」

「っていうかレベルが近いしな」

莇と万里が臣の意見に同意する。

どう考えても無理だという雰囲気を察したのか、太一が勢いよく頭を下げた。

「そこをなんとか頼むッス！　妹にいいとこ見せたくて、秋組連れてくるって言っちゃったッス！」

「でも、この強面《こわもて》揃いじゃ、喜んでもらえないんじゃ……」

いづみとしても力になりたい気持ちは山々だったが、善意が逆効果になりかねない。

いづみの懸念《けねん》に対し、太一は満面の笑みで胸を叩いた。

「園長先生に秘密兵器が借りられそうなんス！」

「秘密兵器……？」

ファンシーな模様の壁《かべ》に囲まれた空間で、いづみと秋組メンバーは甲高い歓声《かんせい》をあげる子どもたちに迎《むか》えられた。

「きゃ～！」

「どうぶつさん、いっぱ～い!!」

「かわいい～！」

(受けてる……さすが秘密兵器……)

いづみたちの予想に反して、秋組メンバーの子ども受けは抜群《ばつぐん》だった。

秋組メンバーが中に入ったウサギやクマやタヌキやオオカミ、リスといった動物の着ぐるみに子どもたちは大喜びで笑顔を見せる。

(一見、誰が誰だか、もはや秋組かどうかもわかんないけど……)

怖《こわ》がられないという点で、これ以上の方法はない。

『よ～し！　今日はみんなで果物狩《が》りに行こう！』

『ボクはお魚の方がいいなあ～』

ウサギに扮《ふん》した万里が勢いよく片手を挙げると、クマに扮した十座が棒立ちでつぶやく。

『くまさん、魚は川に行かないと』

莇演じるリスがクマの肩を叩くと、ウサギが小首をかしげた。

『にんじんはあるかな。ぴょんぴょん』

『にんじんはくだものじゃないタヌ～』

妙な語尾《ごび》のタヌキを演じるのは太一だ。

『オレはおいしそうな赤ずきんを……』

臣演じるオオカミがじゅるりとよだれを拭《ぬぐ》う仕草をすると、子どもたちが一斉に声をあげた。

「ダメ～！」

「赤ずきん食べちゃダメだよ～！」

『おっと、間違えた。おいしそうな野イチゴでも探すかな』

掛《か》け合《あ》いを通じて、子どもたちはぐいぐいと芝居に引《ひ》き込《こ》まれていく。

『ボクは木の実がいいな。チチチ』

『ガオー！　オレが先導してやる。みんなついてこい』

リスが鼻をひくつかせながらきょろきょろ辺りを見回すと、左京演じるライオンが雄叫《おたけ》びをあげながら、先頭で歩き始めた。

（着ぐるみのおかげで見た目がすごく幼稚園向きになった。声がみんな野太いけど……）

子どもたちは動物たちにすっかり夢中で、キラキラと目を輝《かがや》かせていた。

果物狩りに行く動物たちの珍道中《ちんどうちゅう》という芝居が終わると、動物たちを子どもたちの拍手が包む。

「わ～！」

「面白かった～！」

「くまさん好き～！」

待ちかねたように、今まで行儀《ぎょうぎ》よく座《すわ》っていた子どもたちが、動物たちにまとわりつく。

「うさぎさん、だっこ～！」

「私も、私も！」

抱《だ》っこをせがまれた万里は、一人一人順番に抱《だ》き上《あ》げていった。自然と他の動物たちにも抱っこの大合唱が始まる。

（よかった。みんな大喜びだ！）

いづみは子どもたちの笑顔を見て、ほっと胸を撫《な》で下《お》ろした。

「たぬきさんだ～！」

「わわ、頭引っ張っちゃダメッス～！」

やんちゃな男の子に頭を引っ張られた太一が、焦ったように頭を押《お》さえる。が、一足遅《おそ》く、タヌキの頭がころりと床《ゆか》に転がった。

「あれ⁉」

　突然人間の顔が現れて、男の子が驚いていると、近くにいた女の子が声をあげた。

「お兄ちゃんだ！」

「わわわ……！」

　太一が慌てて頭を拾い上げるも、時すでに遅し、太一の妹を筆頭に子どもたちがわらわらと太一を囲む。

「みーちゃんのお兄ちゃんだ〜！」

「こっちは？　こっちは？」

　タヌキの中に太一がいたことから、子どもたちの矛先《ほこさき》が他の動物に向かう。

「誰のお兄ちゃん？」

　そう言いながらクマの頭を容赦《ようしゃ》なく引っ張り始めた。

「──っ」

　子ども相手に振りほどくわけにもいかず、十座が必死で頭を押さえるが、子どもが数人がかりで全体重をかけてくるとさすがに持ちこたえられない。

「それは一番開けたらダメなヤツだ！」

　大人ですら怯《ひる》む強面の十座を見たら、園児たちが驚いて泣きかねない。万里が思わず素《す》で突っ込むが、子どもたちはおかまいなしだった。

「お顔見せてー！」

「お顔ー！」

十座が隙《すき》を見つけて駆《か》けだすと、すかさず子どもたちが追いかけ始める。

「死守《ししゅ》しろ、兵頭」

「――っす」

左京の言葉に十座は短く答えると、そのまま子どもたちとの追いかけっこに突入《とつにゅう》した。

（みんながんばれ……）

頭を必死でかばう動物たちに、いづみはそっとエールを送った。

三十分後、ようやく子どもたちの前から退却《たいきゃく》した秋組メンバーは、揃いも揃って疲《つか》れ果《は》てていた。

「本当にありがとうございました。みんなもすごく喜んでくれて、いい思い出になりました」

「いえ、こちらこそ。いい経験になりました」

優《やさ》しそうな幼稚園の先生に、いづみが代表して頭を下げる。

「……はぁ」

「マチソワ公演より疲れた……」

莇がぐったりとした様子でため息をつけば、万里もうつろな表情を浮かべる。

「すごいパワーだったな」

「耳が痛ぇ」

臣が苦笑《くしよう》すると、十座も同意するように耳に手を当てた。

「……ふぅ」

左京も疲れたようにため息をつく一方、太一はうれしそうに顔をほころばせた。

「みんな、お疲れッス。みんなのおかげで妹もすげー喜んでたッス！」

太一の言葉を聞いて、秋組メンバーも苦労が報《むく》われたとばかりに表情を和《やわ》らげる。

「ああ、そうだ。これ、よろしければ、みなさんで召《め》し上《あ》がってください」

幼稚園の先生が思い出したように紙袋《かみぶくろ》を差し出す。

「え？　そんな、お気遣《きづか》いなく……」

いづみが慌てて遠慮しようとすると、幼稚園の先生は微笑んだ。

「いただきもののお菓子《かし》なんですよ。こんなものしかお渡《わた》しできなくて申し訳ないんですが……」

「いえ、ありがとうございます」

「菓子……」

いづみがありがたく受け取ると、ぼそっと十座がつぶやいた。

「喜んでんじゃねぇよ。園児か」

すかさず万里が突っ込む。

「誰がだ」

「それにしても、この被り物、効果抜群でしたね。これがなかったらどうなっていたか……」

秘密兵器は伊達《だて》ではない、といづみがほめると、幼稚園の先生が眉《まゆ》を下げて笑う。

「古いものですみません。もう使わないから処分しようと思ってたんですけど、お役に立って良かった」

「処分しちゃうんですか？　まだ使えるのに、もったいない……」

いづみが思わずそう言うと、相手がはっとしたように口元に手を当てた。

「もしよろしければ、劇団で使われますか？」

「え？　いいんですか？」

「ええ、もちろん。活用していただけるなら、何よりです」

願ってもない、とばかりに微笑まれ、いづみは大喜びで引き取りを申し出た。

「まさか幼稚園巡業《じゅんぎょう》でも始めるつもりじゃねぇだろうな」

「……なるほど」

いづみの様子を見ていた万里がぼそっとつぶやくと、左京が、その手があったかと反応する。

「やめろ。マジで」

莇は心底嫌そうに止めた。

その夜、MANKAI寮の廊下《ろうか》には、動物たちの行列ができていた。

「っていうか、この格好で帰ってくる必要あんのか」

ウサギの着ぐるみを着たまま万里がぼやくと、先頭にいたいづみがうなずく。

「これが一番持ち帰りやすかったんだから、しょうがないよ。抱《かか》えると荷物になるし」

道中はかなり注目を浴びたが、車がない以上致《いた》し方《かた》ない。

動物たちは談話室までたどり着くと、待ってましたとばかりに頭と体をはぎ取り始めた。

「……はぁ、息苦しかった」

「動きづらいから、運動にはなったな」

汗《あせ》を拭《ぬぐ》いながら莇がソファに座《すわ》り込《こ》むと、臣も苦笑しながらオオカミの頭を床に置く。

「おかげで、着ぐるみでの動き方マスターしたッス！　今なら、着ぐるみのバイトもできそうッスよ」

「こんなくそ暑いの被るのは二度とごめんだ」

太一が前向きな発言をすると、左京がげんなりとした様子でライオンの頭を放った。

「最年少組、倉庫にしまってこーい」

万里がウサギの頭を放り投げると、莇と太一が顔を見比べた。

「最年少って……」

「俺っちとあーちゃんッスか!?」

「頼むぞ」

十座からクマの頭を手渡《てわた》されて、太一がショックを受けたように目をむく。

「これが上下関係……！　年功序列縦社会《ねんこうじょれつたてしゃかい》……！」

「めんどくせー……」

莇は悪態をつきながらも、動物たちの残骸《ざんがい》を拾い上げ始めた。

両手いっぱいに動物の頭を抱えた太一は、莇を倉庫の中へと案内した。

「倉庫はここ。小道具とか、全部ここにしまってあるッス」

「ふーん……」

莇が興味なさそうに返事をすると、太一が倉庫の隅《すみ》に動物たちの頭を置く。

「着ぐるみはこの辺に積んどけばいいかな」

太一に倣《なら》って莇も持っていた着ぐるみを積み上げていくと、太一が思い出したように声をあげた。

「そういえばさ、あーちゃんのポートレイト良かったよ」

「どーも」

「あれ見て、思い出しちゃった」

太一がわずかに笑うと、莇が不思議そうに太一の顔を見た。

「何を？」

「実はさ、俺っちも一回だけ家出したことあるんだよね」

太一は秘密を打ち明けるように、そっと話しだした。

第3章

ボーイフッド・コラージュ3　七尾太一

五歳《さい》の頃《ころ》、ずっと大好きだった隣《となり》の家の女の子が突然《とつぜん》引《ひ》っ越《こ》してしまった。

引っ越し当日はわんわん泣いて、しばらくふさぎ込《こ》んでいた俺《おれ》を、母親は小学校に行ったら友達もたくさんできるよと言ってなぐさめた。

俺はまたその女の子に会えるかもしれないって信じて、小学校にあがった。

でも、彼女《かのじょ》はいなかった。

小学校には勉強のできる子、運動のできる子、話の面白《おもしろ》い子、人気者たちがたくさんいて、自分はそっち側じゃない影《かげ》の薄《うす》い人間なんだって初めて気づいた。

なかなか友達もできなくて、さびしくて……そんな時いつも思い出すのは、隣の家の女の子のことだった。

それで、思い切ってあの子に会いに行くことにしたんだ。親には反対されるから、当然ナイショ。親同士が話してるのをなんとなく聞いてたから、引っ越し先の駅の名前だけは知ってた。

お年玉を軍資金に、初めて一人で切符《きっぷ》を買って、電車に乗った。駅員さんにおばあちゃんのところに行くってウソをついて、乗《の》り換《か》えの仕方も教えてもらった。

でも、肝心《かんじん》の駅まで着いたところで、そこからどこに行けばいいかわからなくなった。

右を向いても左を向いても、全然知らない景色。通り過ぎるのは知らない人の顔ばかり。

俺はその時、学校にいる時の比じゃないくらい猛烈《もうれつ》にさびしくなって、わんわん泣きだした。

声をかけてきてくれたおばさんに交番まで連れていかれて、名前や電話番号を言ったら、しばらくして両親が迎《むか》えに来た。

帰りの車でいっぱい怒《おこ》られたけど、家出の理由を話したら笑われた。

「あの子にその泣き顔を見せるつもりだったの？　笑われちゃうわよ」

って言われて、すごく恥《は》ずかしくなって後ろを向いた。車のリアウィンドウから、あの子が住む街をずっと眺《なが》めてた。

「太一《たいち》が胸を張ってあの子に会えるようになったら、会いに行きなさい」

父親にそう言われて、ただ黙《だま》ってうなずいた。

友達をいっぱい作って、クラスの人気者になって……もしそんな自分になれたら、今度こそ胸を張って会いに行こう。俺がその女の子と離《はな》れてからどんなことをしてたのか、たくさん話してあげるんだ。

そう決心した後はもう振《ふ》り返《かえ》らなかった。俺が前に進むきっかけをくれたのが、あの家出だ。

「……で、その相手とはどうなったんだよ」

莇《あざみ》にたずねられて、太一は自嘲《じちょう》するように笑う。

「へへ、ずーっと会えないまま。胸を張って会える自分になりたかったのに……俺は方法を間違《まちが》えちゃった」

「どういう意味？」

怪訝《けげん》そうな莇から、太一はそっと視線をそらした。

「同じ秋組《あきぐみ》になったあーちゃんにも、ちゃんと話しとかないとな。俺がみんなを裏切っちゃったこと……」

そう言って、太一は自分がもともとはＧＯＤ座という劇団の団員で、スパイとしてＭＡＮＫＡＩカンパニーに入団した話を始めた。

GOD座の主宰《しゅさい》から命じられて、MANKAIカンパニーの公演を台無しにするために、様々な妨害《ぼうがい》工作を行ったことも包《つつ》み隠《かく》さず打ち明ける。

莇は太一の話をじっと黙《だま》ったまま聞いていた。

「……あの時のこと、俺は一生悔《く》やむと思う。忘れられないし、忘れちゃいけない」

太一はいつになく真剣《しんけん》な表情でそう告げると、ぎゅっと拳《こぶし》を握《にぎ》り締《し》めた。

「もう誰《だれ》も気にしてねーだろ。アンタらの間にわだかまりがねーことくらい、外から見てりゃ、わかる」

莇がフォローするようにそう言うと、太一が口元をゆるめる。

「へへ、ありがと、あーちゃん。みんなが俺っちを許してくれて、受け入れてくれてるのはわかるんだ。だからこそ、俺っちはそれに甘《あま》えないで、秋組のみんなのために誰よりもがんばりたい。それが俺っちのみんなに対する恩返しだから」

表情を引《ひ》き締《し》めてそう告げると、ふと思い出したように続けた。

「てかさ、もうあーちゃんも、俺っちたちの中にいるじゃん。『外から見て』じゃないっしょ！」

「言葉のあや？　みたいなもんだろ」

水臭《みずくさ》いと主張されて、莇がぎこちなく返す。

「改めてよろしくッス！　はい、握手《あくしゅ》！」

「……はいはい」

太一が勢いよく手を差し出すと、莇は面倒《めんどう》そうにそれに応えた。

「あ、そうだ！　ちなみにあーちゃんの初恋《はつこい》は⁉」

「は……？」

自分の初恋話をしたことで思いついたのか、太一が問いかけると、莇がぽかんと口を開ける。

「最近の中学生は進んでるからなー。ファーストキス済ませちゃった⁉」

太一が興味津々《きょうみしんしん》といった表情で迫《せま》ると、莇の顔が見る間《ま》に赤く染まった。

「そ、そーゆーのは結婚《けっこん》してからだろーが！」

「⁉」

真っ赤な顔で主張されて、太一が面食らった表情になる。

「まずは、お付き合いする前に両親に挨拶《あいさつ》して、二人でデートして、婚約《こんやく》してから、手をつないで……って順番があんだろ！」

「え、ええー……あーちゃんって、見かけによらず意外と……もしかして、左京《さきょう》にぃの教育……？」

大人びた外見や態度に似合わず純情な一面を見て太一が戸惑《とまど》っていると、莇はくるりと踵《きびす》を返《かえ》した。その耳はまだ赤い。

「もう行くぞ！」

「あ、待ってよ、あーちゃん！」

足音高く倉庫を出て行く莇を、太一が慌《あわ》てて追いかけた。

秋組の午後稽古《けいこ》を終えて、二階の稽古場から談話室に向かう途中《とちゅう》、いづみは廊下《ろうか》に不審《ふしん》な人影《ひとかげ》を見つけて足を止めた。

フルフェイスのヘルメットをかぶった男は、顔が一切《いっさい》うかがえず怪《あや》しいことこの上ない。

いづみが思わず怯《ひる》んでいると、すぐ後ろにいた太一がおずおずと声をかけた。

「だ、誰ッス……？」

ヘルメットの男はいづみたちを振り返るも、何も言葉を発さない。

「あ、あの、関係者以外立ち入り禁止なんですけど――！」

いづみが意を決してそう声をかけると、ヘルメットの男はゆっくりといづみたちの方へ近づいてきた。思わず一歩後ずさりする。

「ま、まさか、強盗《ごうとう》!?」

太一が青ざめた時、後ろからやってきた左京があきれたように口を開いた。

「こんな貧乏《びんぼう》なとこに強盗に入ってどうすんだ」

「でも――」

いづみがおろおろと左京を振り返った時、ヘルメットの中からこもった声が聞こえてきた。

「あ、アニキ～！」

「その声は……迫田《さこだ》サン？」

「へ？　そうっすよ？」

太一があっけにとられた表情で問いかけると、ヘルメットの男がのんきに答える。

「そんなもんかぶってるから、みんなビビってんだろーが」

唯一《ゆいいつ》正体を知っていた左京がヘルメットを指し示すと、迫田がようやく気づいたように声をあげた。

「あ！　そっか、ヘルメットだと顔が見えないっすね！」

そう言ってヘルメットを取ると、同じようにバイクに乗る臣《おみ》が興味をひかれたように声をかけた。

「迫田さん、バイク乗るんですね」

「へへ！　先輩《せんぱい》に譲《ゆず》ってもらったっす」

「何ccですか？」

「よくわかんねーっすけど、すげー速くていかつくて、かっけーっす！　こっち来て、おれのアニキ号見てくだせぇ！」

迫田が得意げに玄関《げんかん》の方へと手招きすると、左京があきれた表情を浮《う》かべた。

「なんでアニキ号なんだよ」

「強そうだからっす！」

そう言って玄関ドアを開けると、寮《りょう》の前にこぢんまりとしたバイクが停《と》まっていた。

「って、これ……原付《げんつき》バイク？」

さっきの口ぶりから、さぞかし大きなバイクなのだろうと思っていただけに、いづみは拍子《ひょうし》抜《ぬ》けしてしまう。

「50ccですね」

「そうなんすか？」

臣の言葉を聞いて、迫田が感心したようにうなずく。

「てっきりもっとごついバイクかと……」

「しかもボロいな」

「ひどいっす！」

太一の率直《そっちょく》なつぶやきに、左京の辛辣《しんらつ》な感想が続いて、迫田は眉《まゆ》を下げた。

いづみたちは迫田のバイクを見てから、改めて談話室へと向かった。

「きゃあああ！」

不意に、支配人の悲鳴が聞こえてくる。

「今度は何⁉」

いづみが駆《か》け寄《よ》ると、支配人が小刻みに震《ふる》えながら談話室のドアを指し示した。

「ドアの隙間《すきま》に人が……！　隙間男が……！」

「隙間男？」

見れば、ドアの隙間に人が挟《はさ》まれている。

「……あ……う……」

顔は室内の方に向いていて見えないが、その後頭部にも服にも見覚えがある。

「綴《つづる》くん⁉」

「え⁉」

いづみが叫《さけ》ぶと、支配人が目を見開いた。

「支配人、これ綴くんですよ！　引っ張り出してください！」

「は、はい！」

いづみは支配人に指示すると、挟まった綴を一緒《いっしょ》に救出した。

秋組メンバーの協力も得て、談話室のソファに寝《ね》かせると、綴はすぐに健《すこ》やかな寝息《ねいき》を立て始めた。

「ぐうぐう……」

「隙間に埋《う》まるとは、新しいパターンだな」

綴は執筆《しっぴつ》期間は不眠不休《ふみんふきゅう》で作業するため、毎回書き上がった瞬間《しゅんかん》に倒《たお》れる。その倒れ方は回数を重ねるごとにバリエーション豊かになっていて、臣が感心したようにつぶやく。

「廊下で力尽《ちからつ》きつつも、倒れるのは自力で免《まぬが》れたってことか」

「頭打つと危ないからね……」

しみじみとした万里《ばんり》の言葉に、いづみもうなずく。

「とにかく、配役決めていくぞ」

「そうッスね！」

左京が綴の持っていた台本を取り上げると、太一が元気よく返事をした。

台本はすぐにコピーされて、配られた。

『DEAD《デッド》／UNDEAD《アンデッド》』と題された今回の脚本《きゃくほん》は、アンデッドと戦うハンターの物語だった。ハードな世界観にバトルシーンも満載《まんさい》な、秋組らしい痛快アクションだ。

「主演の、人間の味方をするアンデッド、アベル役は莇くん。準主演のハンター、イヴァン役は万里くんで決まりね」

「うぃーっす」

「わかった」

最初に予定していた通りの配役を告げると、万里と莇がうなずく。

「次は、アンデッドの親玉であり、アベルの父親、ビル役だけど……」

いづみが配役のページを見つめながら思案げに切り出すと、どこからともなく声が聞こえてきた。

「……ビルは……古市《ふるいち》さん……」

きょろきょろと辺りを見回すと、臣が綴を見下ろす。

「綴、起きたのか？」

「……ぐうぐう」

臣の問いかけに返ってくるのは寝息ばかりで、綴の瞼《まぶた》は閉じたままだ。

「寝言《ねごと》か？」

「いや、あて書きってことじゃないっすか」

左京の問いかけに、十座《じゅうざ》が答える。

「まあ、莇くんの父親役だし、年齢《ねんれい》的にも左京さんがいいのかな」

「クソ左京が父親かよ……まあ、敵の役だからいいけど」

いづみの言葉を聞いて、莇は一瞬《いっしゅん》嫌《いや》そうな顔をしたものの、すぐに納得《なっとく》した。

左京も小さく鼻を鳴らすだけで反対しない。

（綴くん、二人の関係を親子みたいだって思ったのかな……）

いづみが綴の考えを推測していると、万里が口を開いた。

「賞金首《しょうきんくび》のアンデッド、レッド役はどうする？」

「イヴァンの弟の仇《かたき》だな」

十座が考え込むように告げると、太一が臣の方へと視線を送る。

「やっぱ、臣クン？」

「だな」

左京もあっさりとうなずいた。

「なんだか、悪役続きだけど……」

いづみが懸念《けねん》を示すが、臣は特に不満はない様子でうなずいた。

「構わないぞ。アクションシーンも多そうだしな」

「臣くんなら安心だね」

普段《ふだん》は穏《おだ》やかな臣だが、公演を重ねる中で凄《すご》みのある芝居《しばい》がうまくなった。体格も立派なだけに、主人公たちの大きな障害となる敵役《かたきやく》はまさにハマり役だ。

「残りはイヴァンの弟ロイと情報屋のドギーか」

左京が太一と十座を見比べると、万里が十座の方へ顎《あご》をしゃくった。

「俺の弟にこんなでけーの無理だろ」

「ああ？　てめーみたいなのが兄なんてお断りだ」

「それはこっちのセリフだ！」

「たしかに、双子《ふたご》っていう感じになっちゃうよね……」

言い争う二人を見ながら、いづみがつぶやく。

「セリフも幼い感じだし、太一がいいんじゃないか」

「そうだな」

「了解《りょうかい》ッス！」

臣と左京から指名され、太一は笑顔《えがお》で請《う》け負《お》った。

「ドギー役は十座くんお願いね」

「っす」

いづみが頼《たの》むと、十座が短く応える。

「よし、それじゃあ、さっそく今日の稽古から読み合わせを始めよう！」

いよいよ公演の稽古が始められるとあって、いづみはウキウキした気持ちでそう声をかけた。

『だったら、あんたは用なしだ――』

莇が父であるビル役の左京に向けて、言い放つ。

『――くっ』

左京が倒れ、莇がとどめを刺《さ》そうとした瞬間、万里が声を発する。

『アベル、下がれ！』

『――っ』

莇が飛《と》び退《しさ》って避《よ》けたところで、左京がにやりと笑った。

『惜《お》しいな。エサのくせに、頭が回る』

莇の芝居をじっと見つめながら、いづみは内心感嘆《かんたん》した。

(萠くん、セリフ回しはつたないけど、左京さんへのリアルな敵対心がセリフに乗ってて、つたなさをカバーしてる。険悪な二人でどうなるかと思ったけど……意外といい感じだな)

『イヴァン、そいつは俺の獲物《えもの》だ』

殺意をむき出しにして唸《うな》るように萠が言い放つと、万里が面白そうに笑う。

『調子出てきたみたいだな。でも、俺も借りを返さなきゃならねぇからな——!』

『ちっ』

左京は舌打ちをして万里の攻撃《こうげき》を避けた。

『はああ!』

『——っ』

続けざまの萠の攻撃に、左京が押《お》される。

いづみは全身で左京に対する敵意を表す萠を見つめながら、思案げに腕《うで》を組んだ。

(これはこれでいいんだけど……同じ舞台《ぶたい》に立つ以上、ちゃんと信頼《しんらい》関係も結んでもらわないとな。今後、芝居の幅《はば》も広がらないし……)

バトルシーンはこれで良くても、このままでは父に対する感情の揺《ゆ》れを表現するような芝居はできないだろう。何より役者同士のコミュニケーション不足は、芝居を深める際に障害となる。

いずれ解決しなければならないと、いづみは頭の隅《すみ》に置いた。

脚本が仕上がると、衣装《いしょう》やフライヤーデザインの作業も進んでいく。

いづみが談話室のダイニングテーブルでコーヒーを飲んでいると、幸《ゆき》がスケッチブックを手に近づいてきた。

「衣装なんだけど、世界観的にはこんな感じでいい？」

スケッチブックに描《えが》かれたデザイン画を見て、いづみが感嘆の声を漏《も》らす。

「わあ、カッコいいね！」

荒廃《こうはい》した世界観にふさわしく、近未来のシャープさとワイルドさが入り混じった感じだ。

興味をひかれたように、近くにいた綴も覗《のぞ》き込《こ》んできた。

「雰囲気《ふんいき》は異邦人《いほうじん》よりも未来っぽくない感じがいいかもな」

「オッケー」

綴の注文を受けて、幸はすぐにペンを走らせ始めた。

「メイクはこの衣装に合わせた感じでいいんだよな？」

同じように近寄ってきた莇がデザイン画を見ながらたずねると、綴がうなずく。

「ああ。アンデッドと人間の差がわかりやすい方がいいと思う」

「ただ、あんまり大げさにやりすぎると主演が目立たなくなっちゃうから、ほどほどにね」

「わかった」

いづみが付け加えると、莇が短くうなずいた。

「じゃあ、衣装でも、もうちょっと差を出そうかな……。この辺の材質こだわりたいんだけど……銭《ぜに》ゲバヤクザとの戦いになりそう」

幸が思案げにデザイン画を見つめると、莇が、す、と目を細める。

「俺も加勢《かせい》する」

「助かる」

短い言葉で、幸と莇の視線が交わった。それだけでタッグが組まれたことが伝わってくる。予算という同じ枠組《わくぐ》みの中で仕事をする立場上、通じ合うものがあるのだろう。

「新たなる毒舌《どくぜつ》コンビ結成か……」

「最恐《さいきょう》の組み合わせだね……」

綴といづみが複雑な表情で二人を見つめていると、幸と莇が同時に振り返った。

「何？」

「誰が？」

「いや、なんでもない」

綴は慌ててごまかすように手を振《ふ》った。

(左京さんとの予算をめぐる戦いが激しさを増しそうだな……！)

いづみが言葉に出さずにそう考えていると、談話室のドアを開けて一成《かずなり》が現れた。

「アザミン、ゆっきー！」

莇と幸の姿を見つけるなり、うれしそうに近寄った。

「聞いて、聞いて！　テンアゲグッドニュースだよん！　うちの天美《あまび》の文化祭で友達がファッションショーやるんだけどさ、今、ヘルプの人材募集《ぼしゅう》してるんだって！　二人とも、ヘアメイクとスタイリングで手伝っちゃわない？　うちの学校のファッションショー、アパレル関係の人も見に来るし、レベル高いから、経験積めるチャンスでしょ！」

「ファッションショー……」

莇が興味をひかれたようにつぶやくと、一成がさらに付け加えた。

「ちなみにセッツァーもモデルで出るよん」

「へー、すごいね！　二人とも面白そうだから、行ってみたら？」

いづみが勧《すす》めると、幸はまんざらでもない表情を浮かべ、莇もすぐさまうなずく。

「……まあいいけど」

「行く」

「決まりー！　詳《くわ》しいことはまた連絡《れんらく》するね！」

一成は楽しげにひらひらと手を振った。


芸術系の学科が集まる天鵞絨《びろうど》美術大学の学園祭は、入口ゲートの装飾《そうしょく》からして、他の大学と一味違《ちが》っていた。舞台の大道具のような完成度で、学生たちのレベルの高さがうかがえる。

一歩中に足を踏《ふ》み入《い》れれば、あちこちの屋台から呼《よ》び込《こ》みがかかる。

「たこ焼きいかがですかー」

「冷たい飲み物ありますよー」

「出店がいっぱい出てる」

いづみは興味深げにきょろきょろと辺りを見回した。屋台の看板も独特で、構内はちょっとしたアミューズメントパークのようだ。訪《おとず》れている人の数も多く、活気がある。

「にぎやかだねー！」

斑鳩《いかるが》三角《みすみ》がニコニコしながら、先頭を歩く。

「大学の文化祭って、規模が大きいですね。うちとは全然違う」

「いや、大学ごとに結構違うぞ。天美は美大だけあって、ディスプレイが凝《こ》ってるな」

感心したような椋《むく》の言葉を聞いて、臣が自分の通う葉星《ようせい》大学と比較《ひかく》する。

「毎年、学生はみんな気合い入れるからね～」

「たしかに、プロのイベントみたいだよね」

「流石《さすが》、天美の文化祭だな」

一成の説明に、椋と天馬《てんま》がうなずいた。

「天馬くんは文化祭には参加できてるの？」

いづみがたずねると、天馬があっさり首を横に振った。

「まともに参加したことない」

「オレも～」

「そうなんだ。じゃあ、今日はいっぱい楽しまないとね」

天馬に三角が続いたのを見て、いづみは微笑《ほほえ》みかけた。

「今日は春組《はるぐみ》とか冬組《ふゆぐみ》のメンバーは来なかったんだな」

一行の顔ぶれを見ながらつぶやく十座に、いづみがうなずく。

「誘《さそ》ってみたんだけど、バイトとか仕事で忙《いそが》しいみたい。綴くんは里帰り中だし。みんな、万里くんのモデル姿見たがってたんだけどね」

「それなら、しっかり写真撮《と》っておかないとな」

臣はそう言って、肩《かた》に下げたカメラバッグを軽く持ち上げた。

「みんな、見たいところあったら言ってね。エスコートしちゃうからさ」

一成がそう声をかけた時、椋が思い出したように口を開いた。

「あ、そうだ。幸くんと莇くんに差し入れを渡《わた》したいんだけど……今は本番前で忙しいかな？」

「んー、渡すだけなら大丈夫《だいじょうぶ》かも。こっそり様子見に行ってみよっか」

「うん」

一成が首をかしげながら答えると、椋が笑顔でうなずいた。

「おじゃましまーす」

「お邪魔《じゃま》します……」

一成と椋を先頭に、ファッションショーの準備が進むバックヤードに足を踏み入れる。

足早に動き回るスタッフが、目の前を猛《もう》スピードで通り過ぎていった。

「時間ないから急いで！」

その後もモデルやスタッフが慌《あわ》ただしく行きかい、中の雰囲気は殺気立っていた。

「誰かハサミ取ってー！」

「リボン知らない⁉」

（すごい……戦場だ……）

華《はな》やかで優雅《ゆうが》なショーからは想像できない。

「こっちメイクお願い！」

「っす」

莇の声がしたかと思うと、莇は真剣な表情でモデルにメイクを施《ほどこ》していた。

「次の衣装は⁉」

「裾上《すそあ》げ終わってる」

幸も大学生のスタッフと一緒に立ち働いている。

（莇くんも幸くんもがんばってるな……大学生に交じってもちゃんと働けてる）

いづみは感心しながら二人の様子を見つめた。

「お、監督《かんとく》ちゃんじゃん」

声に振り返ると、立っていたのは万里だった。

「万里くん⁉」

ただ、いつもと雰囲気が違っていて、思わず語尾《ごび》に!?マークがついてしまう。服装と髪《かみ》形《がた》が変化するだけで、印象がガラリと変わる。

「なんだ、その格好《かっこう》」

「やべー！　セッツァーかっけー！」

十座が不審そうに眉根《まゆね》を寄せる一方、一成は手放しでほめる。

「モデルさんみたいですね！」

「モデルだからな」

椋の素直《すなお》な感想を聞いて、万里が口元で笑った。

「みんな忙しそうだな」

「あー衣装がギリギリで仕上がったり、大急ぎで直したりでバタバタしてる。そもそもショーの時間内でメイクも変えないといけないからなー。時間との勝負って感じ」

辺りを見回す天馬に、万里が説明してやっていると、幸が足早に近づいてきた。

「万里、出番」

「っと、行ってくるわ。完璧《かんぺき》なウォーキング見てけよ？」

「がんばってね！」

にやりと笑って去っていく万里に、いづみが声援《せいえん》を送った。

と、スタッフの一人が一成の名前を呼んだ。

「あ、カズくん、ちょっといい？」

「ん？　何、何？」

一成は軽い足取りで相手に歩み寄りながら、いづみたちを振り返った。

「あ、もうすぐ始まるからさ、カントクちゃんたちは席に行った方がいーよ。差し入れはオレが渡しとくからさ」

「うん、わかった」

いづみは一成にうなずくと、来た時と同じようにそっとバックヤードを後にした。

席に戻《もど》ると、間もなくショーが始まった。

数人のモデルに続いて、万里がランウェイに現れる。

堂々とウォーキングする姿は、舞台の上で芝居をしている時と同じように違和感《いわかん》がない。あくまで服が主役であることを意識して、観客の目を引き付けていく。

（すごいな……こうやってランウェイ歩いてる姿見ると、本物のモデルにしか見えない……。万里くん、大学で身体《しんたい》表現を勉強し始めてから、自分の見せ方がさらにうまくなった気がする。演劇のこと、本気で学んでる証拠《しょうこ》だよね……なんだかうれしいな）

いづみはそんなことを考えながら、万里の晴れ姿を見守った。

ショーが終わりに近づく頃、ようやくバックヤードには落ち着きが戻ってきた。

「……ふう」

「はぁ……あとは衣装替《が》えないよね。やっと休める」

莇と幸が同時にため息をついて部屋の隅に座《すわ》り込《こ》むと、さっき一成を呼び止めた男が近づいてきた。

「お疲《つか》れさまー」

「……お疲れっす」

「お疲れさまデス」

ぐったりしている莇と幸とは対照的に、場数を踏《ふ》んでいるらしい男の表情には、まだ余《よ》裕《ゆう》がある。

「二人とも若いのにすごいねー。助かっちゃったよ。カズくんに聞いたけど、メイクのキミ、まだ中学生なんだって？　見た目もそうだけど、その腕も中学生のレベルじゃないよな」

「……あざっす」

「どっかで修業《しゅぎょう》したとか？」

「いや、独学で」

莇の言葉を聞いて、男がわずかに目を見開いた。

「独学？　すごいな。俺、ここのOBでフリーのヘアメイクやってるんだけどさ、中学卒業したら、俺のアシスタントのバイトする気ない？」

「……え？」

「へぇ。良かったじゃん」

面食らって言葉を失う莇に、幸がにやりと笑う。

「今回みたいなお手伝い感覚でいいし、プロ直結の近道だよ。キミの場合、腕も問題ないし、色々経験させてあげられると思う」

莇は何かを言いかけるように口を開いた後、結局そのまま口を閉ざした。その表情は暗く、沈《しず》んでいる。

「やってみれば？」

幸が勧めるも、莇はゆっくりと首を横に振った。

「……いや、いい」

「……え、そう？」

男が意外そうに眉を上げる。

「……色々、やらないといけないことがあるんで」

「残念だな。もし時間ができたら、連絡して。これ、名刺《めいし》」

「……あざっす」

男は残念そうに微笑むと、莇に名刺を渡して去っていった。

「もったいない。オレだったら絶対飛び付くけど。プロの技術盗《ぬす》むチャンスじゃん」

幸が肩をすくめてみせると、莇はぎゅっと拳を握り締めた。

「……そんなこと、俺だってわかってる」

「ふーん……？」

幸は悔《くや》しげな表情を浮かべる莇をちらりと見たが、それ以上何も聞かなかった。

そんな二人のやり取りを、一成が少し離れた場所で見つめていた。

ショーが終わった後、莇は構内のベンチに腰《こし》を下ろした。何か思いつめた表情で、空を見つめる。

と、突然目の前にビニール袋《ぶくろ》がぶら下げられた。

「じゃじゃーん!!」

いつの間にか背後に立っていた一成を、怪訝《けげん》そうに振り返る。

「リアクション薄い……！　そこは、もうちょっと驚《おどろ》いてくれないと！」

「何？」

大げさに嘆《なげ》く一成に、莇はあくまで淡々《たんたん》と問いかけた。

「今日手伝ってくれたお礼を渡そうと思ってさ――」

一成は気にした様子もなく、ガサガサとビニール袋を広げると、中から次々にプラスチックの器《うつわ》を取り出した。

「はい！　たこ焼き、お好み焼き、焼きそば、クレープ、じゃがバタ、かき氷、フランクフルトに大判焼き！」

「多すぎだろ」

あっという間にベンチの上が食べ物でいっぱいになったのを見て、莇が突《つ》っ込《こ》む。

「えー？　ちょっと足りないかなと思ったのに」

「こんなに食わねぇよ」

「んじゃ、一緒に食べよ」

一成はそう言って隣に腰《こし》かけると、莇にお好み焼きを手渡《てわた》した。

「……あざっす」

蓢もお腹《なか》は空いていたのか、素直に受け取ると、割り箸《わばし》で食べ始めた。

「ファッションショーどうだった？」

「すげー忙しかった」

一成がたこ焼きを食べながらたずねると、蓢が力を込《こ》めて答える。

「戦場だよねー。でも大成功だったじゃん」

「見る余裕なかった」

「あ、そっか……」

一成が同情するように蓢を見た後、思いついたように声をあげた。

「そーだ！　インステいっぱい撮ったから後で見せてあげる。会場大盛り上がりだったよん！」

「……まー、裏方も楽しかった。普段あんな大量のモデルにメイクする機会なんてないし」

いつになく楽しげに表情をゆるませる蓢を見て、一成も優《やさ》しく微笑む。

「良かったね！」

「紹介《しょうかい》してくれてありがと」

「どういたしまして～！　そういや、アザミンさ、さっきのバイトの話、どーして断っちやったん？　バイトくらい、劇団とも学校とも両立できるっしょ？」

葧はお好み焼きを食べていた手を止めると、視線を落とした。

「将来どうするか迷ってるとか？」

一成が首をかしげると、葧は少しためらった後口を開いた。

「……なんとなくわかんだろ。うち、ヤクザだから。跡目《あとめ》継《つ》げとしか言われねぇし」

「でも、メイクの経験積みたいって言ってたじゃん。本当はそっちの方に進みたいんじゃないの？」

「進みたくたって、どうしようもねーだろ。俺以外に継ぐ奴《やつ》いねーんだから」

わずかに苛立《いらだ》ったように、葧は早口で答える。

「でもさ、本気で目指したいんだったら――」

食い下がる一成の言葉を、葧は途中でさえぎった。

「――俺だって、どうしてぇのかわかんねーよ」

「アザミン……」

葧の心の内を表すように、瞳《ひとみ》が揺れる。それを見て、一成が口をつぐんだ。

「ずっと親父《おやじ》の後継げって言われて育ってんだよ。俺だって、ヤクザの家に生まれて、他の仕事なんてできないと思ってる。それでも、メイクすんのが楽しくて、反抗《はんこう》して家まで出たのに、まだ中途半端《ちゅうとはんぱ》な気持ちで迷ってる。俺自身《おれじしん》が一番意味わかんねーよ」

吐《は》き出《だ》すように言い捨てると、ぎゅっと唇《くちびる》を嚙《か》み締《し》める。

一成はバツが悪そうに微笑んだ。

「……お節介《せっかい》でゴメン。でも、家出までしてるのに、アザミンが吹《ふ》っ切《き》れないのはさ、やっぱり家のことも大切だからだよね」

「別に、あんな家……。たしかにケンさんとか、銀泉会の奴らのことは嫌《きら》いじゃねぇけど。クソ左京とクソ親父以外……」

否定する莇の声は力ない。

「夢のために家を捨てるのも、家のために夢を諦《あきら》めんのも、アザミンにとってはどっちも同じくらい重いんだよね。だから、選べないし、決断できない」

一成がしみじみと言うと、莇は何も答えなかった。

「オレもさ、ちょっと前まですげー将来のことで悩《なや》んでたから、わかる気がする」

そう言って微笑む一成の表情はただただ優しい。

「アンタはちゃんと決めたのか」

莇が一成を見ると、一成がうなずいた。

「うん。気づいたのは最近なんだけど、選ばない選択《せんたく》もあるのかなって」

「選ばない？」

「どっちかだけ捨てずに、選ばずに、全部手に入れるって方法！　アザミンもさ、そういう道を見つけられたら100ええな！」

「どっちも……」

莇が考え込むように地面を見つめると、一成は照れたように笑った。

「えへへ、なんか語っちゃって恥ずかしー！　じゃ、オレ、展示の手伝いもあるから、もう行くね！」

そう言って立ち上がる。

「ああ」

莇は去っていく一成を見送った後、じっと自分の手を見下ろした。

ヤクザの家も、メイクの夢も、どちらも手に入れる道――一成の言葉によって、新たな道が莇の中に生まれようとしていた。

日が沈む頃、莇は一成たちより一足先に天鵞絨美術大学を出た。

オレンジ色に染まる街中を莇が一人歩いていると、突然乱暴に肩を摑《つか》まれた。

「――待てよ」

振り返ると、見るからにガラの悪い学生が三人立っている。

「よーやく見つけたぜ」

「……あ？」

にやにやと笑う学生の一人を、莇が睨《にら》み付けた。

「……またやられに来たのかよ」

並んでいる顔に見覚えがあることに気づいて、バカにしたように告げる。

以前、莇に絡《から》んであっさりやられた高校生たちだった。

「は！　そんなよゆーこいていられんのも今のうちだ」

「ヤクザのボンボンなんて怖《こわ》くねぇんだよ！　こっちも助《すけ》っ人《と》連れてきたからな」

「こいつ、やっちまってくださいよ」

芝居に出てくる三下《さんした》のようなセリフと共に、一人の学生に頭を下げる。

「なんだよ。こんなの一人に負けたのか？　だっせー」

そう言いながら前に出てきたのは、大柄《おおがら》な学生だった。他の高校生より縦にも横にも一回り以上大きい。

「……誰だよ、アンタ」

「この人の親父は龍天会《りゅうてんかい》の幹部なんだぜ。隣町《となりまち》締《し》めてる会だ！」

　莇の質問に、三下風の高校生が得意げに答える。

「……知らねぇ」

「てめぇがどこの会長の息子《むすこ》だか知らねぇが、格の違い教えてやんよ！」

殴《なぐ》りかかってきた大柄な学生を避けて、その太い腕を摑んだ。そのままくるりと身をひるがえして、ひねり上げる。

「──うわっ」

「だ、大丈夫っすか⁉」

「──動くな。骨折れるぞ」

　三下高校生が慌てて加勢に来ようとするのを、莇が短く制する。

「──ひっ」

　悲鳴をあげる大柄な学生の腕を、莇がギリギリとさらに締《し》め上《あ》げた。学生の顔から血《ち》の気《け》が引いていく。

「……家のこととか関係ねぇだろ。俺とてめーのどっちが強《つえ》ぇか、思い知らせてやるよ──」

　莇の目に暗い影が落ちる。莇の手にさらに力がこもり、大柄な学生が苦悶《くもん》の表情を浮かべた時、誰かが莇の腕を摑んだ。

「──やめとけ」

葝が振り返ると、いつの間にか十座が立っていた。真剣な表情で葝を見つめている。

葝は静かに大柄な学生を解放した。

「誰だ、てめぇ──」

凄む高校生を、十座が睨み付ける。その目は怒《いか》りに満ちていた。

「中坊《ちゆうぼう》一人に結構な人数じゃねぇか。あぁ?」

十座の顔をまじまじと見つめた高校生の表情が変わる。

「──ひょ、兵頭《ひようどう》十座!?」

「誰だよ、兵頭って?」

大柄な学生が腕をさすりながらたずねる。

「百戦百勝、伝説のヤンキーっす！　こいつだけは敵に回すとマズいっす！」

高校生たちが後ずさりしながら叫ぶと、大柄な学生は一人眉を顰《ひそ》めた。

「はぁ?　そんなもん──」

「いいから、行きましょう！」

高校生は完全に逃《に》げ腰《ごし》で、大柄な学生の腕を引っ張る。

「ちっ──」

大柄な学生は舌打ちをすると、他の高校生たちと共に逃げていった。

「……伝説のヤンキー」

「忘れろ」

残された莇がぽつりとつぶやくと、十座は気まずそうに横を向いた。

自然とそのまま二人で帰途《きと》につく。

やがて川沿いにたどり着いた。ゆっくりと夜の青に染まり始める土手を、莇と十座が無言で歩く。

「……アンタ、相当有名人らしいな」

ふと思い出したように、莇が口を開いた。

「知らねぇが、この顔が虫よけくらいには役に立つみてぇだ」

「別に助けなんかいらなかった」

ぶっきらぼうに告げる莇に、十座が小さく首を横に振る。

「助けたわけじゃねぇ。お前はもう劇団の一員だ。暴力行為《こうい》で相手にケガさせたら、劇団にどれだけ迷惑《めいわく》がかかるか考えろ」

十座が諭《さと》すと、莇はバツが悪そうに視線をそらす。

「……んなこと言われたって、あっちから絡んでくるんだからしょうがねーだろ。黙って殴られろってことかよ」

「そうじゃねぇ。うまく撒《ま》けるようになれってことだ」

「面倒くせー」

悪態をつく莇に対して、十座は叱《しか》るでもなく、わずかに表情をゆるめた。

「まぁ、俺もガキの頃からよく絡まれたから、お前の気持ちもわかるけどな」

「ふーん……？」

莇は相槌《あいづち》を打ちながら、まじまじと十座の顔を見つめる。

「あ？　なんだよ、人の顔じろじろ見て」

「アンタのガキの頃って想像できねーな」

「別に今と大して変わらねぇ——」

居心地《いごこち》悪《わる》そうに顔をそむけた十座は、ふと思い出したように続けた。

「そういえば、お前のポートレイトでガキの頃のこと思い出した。俺も同じようなことをしたことがある」

「何を？」

「……家出だ」

十座はそう言って、静かに波打つ川面《かわも》に視線を投げた。

第4章 ボーイフッド・コラージュ4 兵頭十座

幼い頃《ころ》から、周りの子どもよりも年上に見られた。

大柄《おおがら》で無愛想《ぶあいそう》な俺《おれ》は、大人に可愛《かわい》がられた記憶《きおく》がない。同い年の友達も俺を遠巻きにして、家族以外誰《だれ》も寄り付かなかった。目立つ外見のせいでケンカを吹《ふ》っ掛《か》けられることも多かった。


小学生の時、上級生のガキ大将から呼び出されたことがある。

因縁《いんねん》をつけられ、無視してると、お前の弟からボコボコにしてやろうかと脅《おど》された。

その瞬間《しゅんかん》、カッとなった。

九門《くもん》は俺とは違《ちが》う。体もそこまで大きくないし、明るく誰からも好かれていて、俺のことも慕《した》ってくれてる。そんな弟を傷つけるなんて、許せなかった。

睨《にら》み付《つ》けて、拳《こぶし》を握《にぎ》り締《し》めた時、ガキ大将が怯《ひる》んだように一歩後ずさりした。

その場所が悪かった。

呼び出す場所に、人気《ひとけ》のない階段の踊《おど》り場《ば》を選んだせいか、ガキ大将は階段を踏《ふ》み外《はず》して転げ落ちた。

まずいと思ったが、泣きわめく声に教師が駆《か》け付けるまで、俺はその場から動くことができなかった。

それからの記憶はあいまいだ。

校長室で、相手の親に頭を下げる母親の姿だけはよく覚えている。

ガキ大将は骨が折れていたらしい。俺には一切《いっさい》ケガがなかったことと、ガキ大将が俺のせいだとわめいたことで、教師は俺が一方的にやったと決め付けた。

相手の親や教師の話を聞きながら、俺の手を握り締めていた母親の手が震《ふる》えていた。

それに気づいた瞬間、俺は情けなさと悔《くや》しさで胸がいっぱいになった。母親を傷つけてしまった自分に対する自己嫌悪《じこけんお》、何もわかってくれない相手の親や教師に対する怒《いか》り。

そんなものがないまぜになって、俺は母親の手を振《ふ》り払《はら》ってその場から飛び出した。

そのままがむしゃらに走って走って、土手にたどり着いた。

俺はそこでようやく足を止めると、橋の下にうずくまって、このまま一人で生きていくと決めた。

誰とも関わらなければ、怖《こわ》がらせることも傷つけることもない。母親に迷惑《めいわく》をかけることもない。そんな悲壮《ひそう》な覚悟《かくご》を抱《いだ》きながら、何時間もじっとしていた。

やがて日が暮れ始めて、腹が減ってどうしようもなくなった頃、不意に頭上から声がした。

「……ちゃん。兄ちゃん……」

顔を上げると、九門と母親がいた。

「帰ろう、兄ちゃん。帰ってあんみつ食べよう」

その瞬間、心底ほっとしている自分がいた。

自分を迎《むか》えに来てくれる人がいる。自分を拒絶《きょぜつ》した世界に、つなぎとめようとしてくれる人がいる。その事実が、自分にとって何よりの救いだった。

「ほらね。兄ちゃん、ここにいたでしょ？」

そんな得意げな言葉を聞いて、この土手が九門とよくキャッチボールする場所だったことに気づいた。

結局俺も、誰かが迎えに来てくれることを期待していたのかもしれない。九門は俺の左手を強く握り締めると、母親のところまで引っ張っていった。

母親が俺の右手を握って、三人で並んで歩き始める。母親の手はもう震えていなかった。

嫌《いや》な思いをさせてごめんと母親に謝《あやま》ると、母親は俺が悪くないということを信じてると言った。あの時手が震えていたのは、怒りで震えていたのだと。

俺はその時、心底思った。

変わりたい。大切な人たちを傷つけない人間に。大切な人たちを守れる人間に。お前は悪くないと信じてやれる人間に。自分じゃない、そんな誰かになりたい。

……俺が短い家出で手に入れたのは、人生を変えるための強い願いだ。


「自分以外の誰かになりてぇ。いつだって、俺はそう思ってた」

「今でも？」

莇《あざみ》が問いかけると、十座《じゅうざ》がわずかに笑った。

「じゃなきゃ、演劇がやりたいなんて思ってなかっただろうな。舞台《ぶたい》の上では、違う誰かになれる。俺はそこに希望を見出《みいだ》した。舞台の上で変わることができたら、不思議とそれ以外も変わってきた気がする。今は、周りに誰もいなかった昔の俺とは違う。ＭＡＮＫＡＩカンパニーの仲間がいる。演劇のおかげで、過去とは違う自分になれた。いつか、俺の望む誰かにもなれるかもしれない。俺はそう思って、芝居《しばい》を続けてる」

十座の目は明るい希望の光に満ちていた。

「違う誰かになれる……か。なれるもんならなってみてーけど……」

「面白《おもしれ》ぇぞ」

十座が実感を込《こ》めて力強く告げると、莇が戸惑《とまど》いがちにうなずいた。

「まだ、よくわかんねーけど……」

芝居を始めたばかりの莇は、まだそこまでの感覚には行きつけないのだろう。納得《なっとく》したようなしていないような、複雑な表情を浮《う》かべる。

「つーか、アンタ贅沢《ぜいたく》だな。ケンカも強ぇし、劇団で役者もやってる。今のアンタになりたいヤツなんて腐《くさ》るほどいるだろ。特に九門とか」

十座が虚《きょ》を突《つ》かれたように言葉を失う。そして、わずかにうれしそうに相好《そうごう》を崩《くず》した。

「……お前も、なりたいモンになれるといい」

「……そうだな」

ややあって、十座が心から祈《いの》るように告げると、莇は考え込むようにうなずいた。

連休の最終日の午後、休みの名残《なごり》を惜《お》しみながら漂《ただよ》う空気はどこか気だるい。遅《おそ》くまで外出する人間も少なく、談話室では思い思いにゆったりと時間を過ごす団員たちの姿が見られた。

「ただいまー」

午後三時、お茶を淹《い》れにキッチンに人が集まってくる頃、連休を使って実家に戻《もど》ってい た綴《つづる》が帰ってきた。

「ツヅル、おかえりダヨ！」

「おかえりなさい！」

「おかえりッス！」

ダイニングテーブルで紅茶を飲んでいたシトロン、いづみ、太一《たいち》が綴に応える。

「里帰りどうだった？」

千景《ちかげ》がたずねると、綴は指折り数えながら答えた。

「一日目部屋の掃除《そうじ》、二日目水回りの掃除、三日目外掃除っすね」

「掃除しかしてないネ！」

「俺がいない間、大変なことになってました」

シトロンが突《つ》っ込《こ》むと、綴は惨状《さんじょう》を思い出したのか遠い目になった。

「お疲《つか》れ」

綴の表情から状況《じょうきょう》を察したのか、千景が同情するように告げる。

「そうだ。ちょっとシトロンさんに見てもらいたいものがあるんすけど……」

「さては、いかいかしいものネ？」

シトロンの言い間違《まちが》いを聞いて、太一と千景が首をかしげる。

「いかいかしい？」

「いかがわしい？」

「それダヨ！」

「違います！」

シトロンの言葉に、かぶせ気味で綴が突《つ》っ込《こ》む。

「うちの一番上の兄貴、世界中飛び回ってるんですけど、珍《めずら》しく日本に帰ってきてたんですよ。で、いつもガラクタばっかりお土産《みやげ》に持って帰ってくるんですけど、その中にこれがあって……」

綴がポケットから木彫《きぼ》りの人形を取り出した。途端《とたん》、シトロンの表情が固まる。

「民芸品……？」

いづみが首をかしげると、綴がうなずいた。

「いつもシトロンさんがくれるのに似てません？　たしか、ザフラ王国っていう島国で買ってきたって」

「……間違いないネ。ワタシの国のお土産ダヨ」

す、と視線をそらしたシトロンの声には力がない。

「へー！　綴くんのお兄さん、シトロンくんの故郷に行ってたんだ」

「すごい偶然《ぐうぜん》ッスね」

いづみが目を丸くすると、太一も続く。

「俺も一度だけ行ったことがあるな。絶対君主制国家《ぜったいくんしゅせいこっか》で以前に比べると情勢が不安定ってウワサは聞いたけど」

「どうなんでしょう？　エキゾチックな雰囲気《ふんいき》の豊かな国で、すごく楽しかったって言ってました。数カ月後に新しい王様の戴冠式《たいかんしき》があって、国中お祭《まつ》り騒《さわ》ぎになるから、その頃また行くみたいですよ」

千景に綴が答えるのを聞いて、いづみはシトロンの方を見た。

「シトロンくんもその時は母国に帰るの？」

「きっと……帰ることになるネ」

シトロンの表情は硬《かた》く、声からも喜びや郷愁《きょうしゅう》は感じられない。

「いいなー海外！　俺っち、島国には行ったことがないから憧《あこが》れるッス」

シトロンの様子には気づかなかったのか、太一が羨《うらや》ましそうに声をあげる。

「もし島国に降り立ったら、靴《くつ》を脱《ぬ》ぐのを忘れないようにな」

「はいッス！」

千景のアドバイスに素直《すなお》に太一がうなずく。

「また、そういうウソを教えないでください……！」

いづみは慌《あわ》てて口を挟《はさ》んだ。


稽古場《けいこば》では熱の入ったアクションシーンが繰《く》り広《ひろ》げられていた。

エアコンも必要ないほど涼《すず》しくなった稽古場の窓は解放され、爽《さわ》やかな風が吹《ふ》き込《こ》んでくる。薄手《うすで》のコートが必要になるくらいの気温だったが、秋組《あきぐみ》メンバーは真夏のような薄《うす》着《ぎ》で、顔には汗《あせ》がにじんでいた。

『てめぇだけは許さねぇ……許さねぇぞ、赤目《あかめ》!!』

万里《ばんり》が憎《にく》しみの表情で臣《おみ》に躍《おど》りかかる。

『よく吠《ほ》えるエサだ』

臣が素早《すばや》く万里の攻撃《こうげき》を避《さ》けて、背後を取ると、万里は慌てて飛《と》び退《しさ》った。

『速《はえ》え――』

一気に万里が防衛側になる。

『イヴァン！』

莇が加勢に向かうより速く、臣が牙《きば》をむいた。

『はあ――！』

『ぐはっ』

臣の一打が万里をなぎ倒《たお》す。

稽古場の隅《すみ》で、雄三《ゆうぞう》といづみが三人の殺陣《たて》をじっと見つめていた。

(立《た》ち稽古《げいこ》に入ってからしばらく経《た》ったけど、アクションシーンは今回が一番激しいかもしれないな。莇くんも運動神経がいいからついてこられるけど、秋組じゃなかったら無理だ)

殺陣の振《ふ》り付《つ》けもすぐに覚え、まったく後《おく》れを取ることのない莇に感心する。

アクションシーンが一通り終わると、雄三がにやりと笑った。

「だいぶまとまってきたんじゃないか」

「はい」

雄三の毒舌《どくぜつ》さから考えると、上々の評価だ。いづみはほっと胸を撫《な》で下《お》ろした。

「ただ、今回は復讐《ふくしゅう》がテーマなのと、人死《ひとじ》にが多い。暗くて見てる方は息が詰《つ》まるかもしれない」

「……たしかに、メインキャストがこれだけ死ぬのは、今回が初めてですね」

雄三が腕《うで》を組むと、いづみも自然と表情を引《ひ》き締《し》める。

「ピカレスクではルチアーノの破天荒《はてんこう》さ、異邦人《いほうじん》ではゼロの能天気さがほどよく作品のアクセントになってた。あえてB級っぽいギャグを挟んでもいいかもな」

「そうですね……綴くんとも相談してみます」

いづみが考え込みながら相槌《あいづち》を打つと、万里が横から口を挟んだ。

「アドリブで挟んでもいいかもな」

「アンデッドに絡《から》めたギャグだったら、挟まっても違和感《いわかん》はないだろう」

万里の意見を左京《さきょう》も支持する。

「アドリブかよ……」

「どうかした？」

難色《なんしょく》を示す莇に、いづみが不思議に思ってたずねる。

「いや、九門が苦労してたから」

「ああ、そうだな。慣れるまでは難しいかもしれない」

「練習すれば大丈夫《だいじょうぶ》ッスよ」

臣と太一がフォローするように告げると、いづみは軽く手を打った。

「それじゃあ、今日の残りはエチュード練習にあてようか」

対応力や瞬発力《しゅんぱつりょく》がつけば、アドリブに対する苦手意識もなくなるだろう。いづみはそう考えていた。

何度かエチュード練習を繰《く》り返《かえ》すうち、稽古場には眩《まぶ》しいほどの西日が差《さ》し込《こ》んできた。

ゆっくりと光の色が白から橙《だいだい》へと色づいていく。

『なあ、お前はどう思ってるんだよ?』

万里の投げかけに対して、莇が素《す》でうろたえたように視線をさまよわせる。

「え? あー、えっと……」

(うーん……脚本《きゃくほん》通りのセリフはだいぶ良くなってきてたけど、エチュードになると、途端に硬くなっちゃうな。慣れるまではしょうがないか)

いづみは時計を確認《かくにん》すると、二人の芝居をさえぎった。

「はい、今日はここまでにしよう」

「ういーっす」

「お疲れッス！」

万里に続いて太一が清々《すがすが》しい表情で声をあげる。

一方、莇は疲れたようにため息をついた。

「はー……アドリブって必要？」

「なんだ、もう弱音か？」

左京が眉《まゆ》を上げると、莇がむっとしたように顔をそむける。

「そーゆーんじゃねーけど」

「すぐ慣れる」

「うげー……」

十座が励《はげ》ますと、莇は嫌そうに顔をしかめた。

いづみはそんな莇の様子を、思案げに見つめた。

(莇くんが入ってから、秋組でエチュードをすることって、あんまりなかったし、これから機会を増やした方がいいのかも。ただ、莇くん自身が乗り気じゃなさそうなのがな……)

左京の対抗心《たいこうしん》を抜《ぬ》きにした、芝居への純粋《じゅんすい》な意欲だけで考えると、他の団員に比べてまだまだ弱い。

（もともとお芝居が好きで始めたっていうわけじゃないみたいだし……。積極的に芝居に向かっていく気持ちがないと、エチュードもアドリブも上達するのは難しいかもしれない。もっと今回の役に入《はい》り込《こ》めたり、芝居を好きになるようなきっかけがあればいいんだけど……）

元々素質があるアクションシーンはこなせても、それ以外の部分がどうしても伸《の》び悩《なや》んでしまう。いづみはタオルで汗を拭《ぬぐ》う莇を見つめながら、じっと考え込んだ。

「……うーん」

朝食の後、一人でコーヒーを飲みながら、思わず唸《うな》り声が漏《も》れる。

結局一晩経《た》っても、莇の意欲を引き出すような方法は思い付かなかった。

（芝居を好きになるきっかけか……メイクは好きみたいだけど、芝居へのモチベーションは左京さんへの対抗心だしな）

「監督《かんとく》ちゃん」

不意に声をかけられて顔を上げると、万里が立っていた。

「莇のことなんだけどさ……」

「うん」

ちょうど考えていた人物の名前を出されて、いづみが驚《おどろ》きながらうなずく。

「エチュードが苦手っつうか、いまいち芝居に対する興味が薄《うす》いじゃん、アイツ」

「そうなんだよね……」

万里も気づいていたのかと、しみじみと同意する。

「で、一成《かずなり》にちょっとその話したら、いい案があるらしくてよ」

「一成くん？」

意外に思って聞き返すと、近くにいた一成がぴょこんと手を挙げた。

「はいはーい！　ねーカントクちゃん！　ゾンビラン・ナイトって知ってる？」

聞き慣れない言葉に、いづみは首をかしげた。

夜の闇《やみ》をかき消すように、煌々《こうこう》とイルミネーションが辺りを照らし出す。アトラクションは賑《にぎ》やかな音楽を奏《かな》でながら、色とりどりの光を放っていた。

夜の遊園地は昼とはまた違った雰囲気《ふんいき》で、訪《おとず》れる者の心を浮《う》き立《た》たせる。

「……で、なんでオレたちも一緒《いっしょ》に来なきゃいけないんだ」

不本意、というのを顔面で表現する天馬《てんま》を、九門が驚いて振《ふ》り返《かえ》る。

「えー！　みんなで行った方が楽しいじゃん！」

「そうそう、先輩《せんぱい》が文化祭のファッションショー手伝ったお礼に、チケットいっぱいくれたしね～」

一成も笑顔《えがお》で手を振《ふ》るのに対して、幸《ゆき》と椋《むく》のテンションは低い。

「ゾンビとか興味ない」

「やっぱり怖いのかな？」

身を縮める椋に続いて、太一も眉を下げた。

「うぅ、俺《おれ》っちこういうの苦手ッス……」

かと思えば、左京や臣はまったく動じている様子がなかった。

「そもそもゾンビラン・ナイトってなんなんだ」

「遊園地丸ごと使った時期限定のイベントらしいですよ。ゾンビが参加者に襲《おそ》いかかってくるとか」

「……そういえば、万里さんと莇は？」

天馬の言葉を聞いて、いづみも辺りを見回す。

「あれ？　いないね」

「二人とも手伝いに駆《か》り出《だ》されてるよん。アザミンはメイク、セッツァーはゾンビ役だって」

「え⁉」

一成が説明すると、椋が目を丸くする。

「莇くんは特殊《とくしゅ》メイクの勉強になりそうでいいけど……。万里くんまで……？」

不思議に思っていづみは首をかしげる。

「なんか、ゾンビ役はほとんどが役者の卵っていうか、天美《あまび》の演劇コースの一年ばっかりなんだって」

「そうなんだ」

椋が納得《なっとく》したように相槌を打つと、一成がニコッと笑った。

「毎年人気のバイトでさ、気合い入ってるみたい」

「ゾンビ役から、なんか盗《ぬす》めるかもっすね」

「ああ。でないと、こんなとこまで来た意味がねぇ」

十座が気合いを入れるように表情を引き締めると、左京もうなずいた。

「しっかり勉強しないとな」

「……めっちゃ怖いけど、がんばるッス」

臣が太一を励ますように肩《かた》を叩《たた》くと、太一は拳を握り締めた。

「オ、オレたちは役作り関係ないだろ！　別に、イベントに参加する必要は――」

天馬が動揺《どうよう》しきった様子で不満を漏らすと、三角《みすみ》が首をかしげる。

「てんま、怖い～？」

「誰もそんなこと言ってない！」

「あ、だいじょぶ、だいじょぶ！　イベント参加者とそうじゃない客を見分ける目印があってさ。この参加証の目玉ネックレスつけてなかったら、ゾンビには追いかけられないから、怖くないよん」

「だから、別に怖くなんて――」

一成が目玉ネックレスをぶら下げて見せると、天馬はむっとしたように否定した。

「じゃあ、つける？」

「そうは言ってない！」

面白がるような幸に、すかさず反論する。

「結局怖いんじゃん」

幸が小さく笑うと、天馬はそれ以上言い返せずに歯噛《はが》みした。

「ちなみに、ゾンビに捕《つか》まって、金網《かなあみ》の監獄《かんごく》に閉《と》じ込《こ》められると、外の誰かから助けてもらわない限り出られない仕組みだから注意！」

「捕まりたくないッス……！」

一成の説明に、太一が震《ふる》え上《あ》がる一方、十座が自らの拳を軽く叩いた。

「返《かえ》り討《う》ちだな」

「中の人は普通《ふつう》の人だからケガさせちゃダメだからね……!?」

いづみが慌てて釘《くぎ》を刺《さ》していると、一成が目玉ネックレスをいづみに差し出した。

「はい、一人ずつネックレス渡《わた》すよー」

「度胸試《どきょうだめ》しか……」

受けて立つと言わんばかりの物騒《ぶっそう》な表情で左京が受け取れば、三角は大喜びでネックレスを首から下げる。

「楽しそうだね～！」

「ちょっと怖いけど……」

椋も恐々《きょうきょう》とネックレスを受け取った。

「……バカバカしい。オレはやらないぞ」

天馬が一人距離《きょり》を取っていると、幸がそっと天馬の背後に近づいた。

「なんだよ？」

いぶかしげな天馬に、幸は首を横に振って見せ、すぐさま離《はな》れる。

「別に。いいんじゃない、それで。今回は秋組の付き添《つ》《そ》いみたいなものだし」

「え……」

いつもなら絶対にからかわれる状況なだけに、天馬が拍子抜《ひょうしぬ》けした表情を浮かべる。

「苦手ならムリすることないよ～」

「そうだよ」

「……別に怖いわけじゃないからな！」

一成と椋が優《やさ》しくフォローすると、天馬は恥《は》ずかしそうにそっぽを向いた。

「はいはい」

幸はあきれたように天馬の言葉を受け流した。


その頃、ゾンビ役のために用意された控室《ひかえしつ》は、準備でてんやわんやになっていた。

「やっべー！　メイク取れた！」

「衣装《いしょう》の替《か》えお願いします！」

ボロボロの衣装をまとった、おどろおどろしい顔のゾンビたちがあちこちを動き回る。事情を知らない人間が見たら、悲鳴をあげそうな光景だ。

「次は？」

ゾンビを一体作り上げて、首を巡《めぐ》らせた莇に、万里が近づいた。

「俺」

「あー、そういえばバイトでゾンビ役するんだっけ？」

「そ。今回の舞台の参考になりそうだしな」

「座《すわ》って」

莇の示した鏡前に、万里が座る。

莇は素早く下地やファンデーションを塗《ぬ》り始めた。普段《ふだん》のメイクと同じかと思いきや、見る間に傷跡《きずあと》が増え、人間らしからぬ色に変わっていく。

「……へー、特殊メイク、手慣れたもんじゃん」

「さすがにラテックス使うようなのはできねぇけど、手頃《てごろ》なのは一通り見て覚えた」

万里が感心したようにつぶやくと、莇は手の動きを止めないまま答える。

「ラテックスってマスクみたいなやつか」

「そう。今回の公演にはラテックスなしでも十分いけると思う」

「へー。そりゃ楽しみだな」

万里はどんどんゾンビ化していく鏡の中の自分の顔を、面白そうに覗《のぞ》き込《こ》む。

「……目閉じろ」

「へいへい」

万里は言われるままに目を閉じて少し黙《だま》ると、ふと思い付いたように口を開いた。

「……なー、莇」

「あ？」

「お前、芝居楽しいか？」

「なんだよ、急に」

莇が戸惑ったように、筆を止める。

「いいから」

「楽しむとかそういうレベルじゃねー。経験も知識もねぇのに主演で、一から勉強しねぇといけねぇことばっかりで、そんな余裕《よゆう》ねーし」

「ふーん……」

莇は矢継《やつ》ぎ早《ばや》に答えると、再び筆を動かした。

「今日さ、お前もメイクしてゾンビ役やれよ。一人くらい増えてもばれねーだろ」

「は？」

万里は筆が離れたタイミングで目を開けた。じっと莇を見据《みす》える。

「俺が教えてやっからさ。演じる楽しさってヤツ」

そう言ってにやりと笑う万里は、どこからどう見ても凶悪《きょうあく》なゾンビだった。


開始時間が近づくと、遊園地の照明がさっきよりも落とされた。賑《にぎ》やかな明るい音楽もダークな雰囲気に変わって、一気に夜の闇が迫《せま》ってくる。参加者たちの恐怖《きょうふ》と興奮を否応《いやおう》なく引き出した。

「そろそろ開始時間だな」

臣が時計を確認した瞬間、アナウンスの声が響《ひび》いた。

「隔離《かくり》ゲート崩壊《ほうかい》まで残り10秒……9、8、7、6……」

「うわわ、カウントダウンなんてやるんスか？」

おろおろと太一が辺りを見回すと、椋と三角もそわそわした様子でアナウンスに耳を傾《かたむ》ける。

「ドキドキするね！」

「わくわく～」

「ふん、どうせ大したことないだろ」

「自分が追いかけられないからって、余裕だね」

鼻を鳴らす天馬に、幸がちらりと視線を向けた。

「3、2、1……0。隔離ゲートが崩壊しました。周辺の住民は直《ただ》ちに避難《ひなん》してください。繰り返します……」

機械的なアナウンスの声が、ゾンビが解放されたことを告げる。

「ゾンビラン・ナイト、スタート！」

一成がテンション高く手を挙げると、辺りの参加者たちが一斉《いっせい》に走りだした。

「これって、どこから襲《おそ》ってくるかわからないんだよな？」

「固まってた方が安心かな」

のんびりとたずねる臣に、いづみがうなずく。

「一人にしないでほしいッス！」

太一が慌てた様子でいづみたちに身を寄せた。

「オレは離れてるぞ。巻《ま》き添《ぞ》えになりたくないからな」

（と言いつつ、ものすごく辺りを警戒《けいかい》してるような……）

きょろきょろしながら、そーっと離れていく天馬の背中を見て、いづみはふと違和感を覚えた。

（あれ？　天馬くんの背中辺りが光ってる。あれって、もしかして、目玉ネックレス……？）

自分が首に下げているのと同じ怪《あや》しい光が、天馬の背中にあるのを認めた瞬間、おどろおどろしい声が聞こえてきた。

「うがあああ！」

天馬の肩がびくっと跳《は》ねる。

「ぐがああ!!」

何体ものゾンビが奇妙《きみよう》な動きで近づいてくる。

「来たッス！」

太一が悲鳴のような声をあげた時、天馬が脱兎《だつと》のごとく走りだした。

「あ、逃《に》げた」

「テンテン、参加者じゃないから逃げる必要ないのに――って、あれ？」

幸と一成が天馬の背中に向かってつぶやいていると、ゾンビたちは一番に走りだした天馬を揃《そろ》って追いかけ始めた。

「うがあああ！」

「お、おい！　オレは何もつけてないだろ⁉　なんでこっち来るんだよ⁉」

天馬の悲痛な叫《さけ》び声《ごえ》が、ゾンビの唸り声と共に遠ざかっていく。

「ゾンビが全部、天馬を追いかけてったな」

「あー、ゾンビは一番ビビってる人、追いかける傾向《けいこう》があるんだって。でも、参加者以外は除外のはずなんだけどな～」

十座が唖然《あぜん》としたようにつぶやくと、一成が不思議そうに首をかしげる。

「目玉ネックレスつけてないのに、なんでだよ⁉」

「ベー」

遠くから天馬の絶叫《ぜっきょう》が聞こえてくると、幸が小さく舌を出した。

「幸くん、もしかして……」

椋がはっとした表情を浮かべた瞬間、ゾンビの魔《ま》の手が天馬にかかった。天馬の背中には、さっき幸がこっそりかけた目玉ネックレスが揺《ゆ》れていた。

「ぐがあああ！」

「うわああ！」

「天馬くんが捕まっちゃった……！」

天馬の断末魔《だんまつま》の声があまりにも悲痛で、いづみが口元を押《お》さえる。

「ぐがあああ！」

「があぁ!!」

「っと、こっちからも来たぞ！」

臣の言葉で、いづみたちに緊張《きんちょう》が走る。

「散《ち》り散《ぢ》りに逃げた方が良さそうだな」

左京が告げると、全員が蜘蛛《くも》の子を散らすように走りだした。

「ひ、ひえぇッス！」

青ざめた表情の太一に向かって、ゾンビが一体走っていく。

「テンテン、後で助けに行くからねー！」

「にっげろー！」

一成はゾンビに連れられていく天馬に手を振り、三角はひときわ素早い動きでゾンビたちの間をすり抜《ぬ》ける。

他のメンバーたちと別れたいづみは一人、メリーゴーランドの陰《かげ》に隠《かく》れた。

「はあ、はあ……」

（ここまで来れば、大丈夫かな……？）

周りにゾンビたちの気配がないことを確認して、しゃがみ込もうとした時――。

「ぐがぁあ！」

「きゃああ！」

突然《とつぜん》目の前に現れた茶髪《ちゃぱつ》のゾンビを見て、飛び上がった。

（だ、だめだ、捕まる……！）

踵《きびす》を返《かえ》して逃《に》げだすが、ゾンビの動きは速く、逃《に》げきれない。

結局そこから百メートルも行かないうちに捕まってしまった。

そのまま監獄に連れていかれる。

（はぁ……捕まっちゃった。みんなはまだ生き残ってるかな）

監獄の鉄格子《てつごうし》の扉をくぐると、途端にあちこちから声が聞こえた。

「あ！　カントクさん！」

「監獄にいらっしゃ～い！」

椋と一成がうれしそうに迎《むか》え入《い》れる。

「これで生き残りは三角《さんかく》星人と銭《ぜに》ゲバヤクザだけか」

「あっという間《ま》だったな」

幸と天馬に淡々《たんたん》と告げられ、いづみは目を丸くした。

「え⁉　みんな捕まっちゃったの⁉」

「異様にしつこく追いかけてくるヤツがいた」

有望株だった十座が顔をしかめる。

「俺は、一人やたらと足の速い奴に捕まった。あっという間だった」

「俺もッス！」

臣が肩をすくめると、太一が勢いよく同意した。

「あ、ボクが捕まったゾンビも足が速かったです。茶色いサラサラヘアーの……」

椋の言葉を聞いて、いづみがさっきのゾンビの容姿を思い出す。

「それ、私も！　もしかして、みんな同じゾンビに……？」

偶然の一致《いっち》に驚いていると、幸が据《す》わった目で口を開いた。

「っていうか、茶色のサラサラヘアーってさ」

「……摂津《せっつ》か」

十座が悔しげに低くつぶやく。

「テンプレヤンキーしつこく追いかけるとか、そのまんまじゃん」

「たしかに……」

幸があっさり告げると、いづみは納得してうなずいた。

「あの野郎《やろう》……人がチュロス食ってるところ狙《ねら》いやがって……」

「油断しすぎッス……！」

拳を震わせる十座に、太一が突っ込んだ。

「万里さん相手じゃかなわないですね」

「あっという間にイベント終了《しゅうりょう》？」

椋が諦《あきら》めたように微笑《ほほえ》むと、九門が口をとがらせる。

「とにかく助けてもらわないことには、外に出られないよな」

「すみーとフルーチェさんに賭《か》けるしかない！」

臣がのんびりとつぶやくと、一成が明るく言った。

と、太一が格子越《ご》しに一点を指さす。

「あ、あそこ！　左京にぃッス！」

「左京さーん！　助けてくださーい！」

いづみが手を振ると、左京が辺りを警戒しながら近づいてきた。

「――お前ら、揃いも揃って捕まったのか」

「フルーチェさん、捕虜《ほりよ》の解放は、あっちのドアを解除するボタンでできるから！」

一成が素早く前方を示すと、左京が舌打ちをする。

「摂津ゾンビに気をつけろ」

すぐに走りだそうとした左京に、十座が低く告げた。

「あ？」

「奴は相当手ごわいですよ、左京さん……」

臣も真剣《しんけん》な表情で注意した瞬間、数メートル先で茶色の髪《かみ》がひるがえった。

「ぐあああ！」

「あ！　来たッス、左京にぃ！　逃げて！」

太一の悲鳴に左京が素早く反応する。

「うがああ！」

「くそっ」

悪態をつきながら全力疾走《しっそう》する左京の後を、万里が猛然《もうぜん》と追いかける。

「そんな機敏《きびん》なゾンビいるか……！」

「最近じゃ、映画でもゾンビは走るんすよ！」

「普通にしゃべんな！」

障害物を使いながら器用に逃《に》げ回《まわ》る左京と万里が叫ぶように会話する。

と、左京が袋小路《ふくろこうじ》に入り込んで、足を止めた。

「……もう逃げられないっすよ」

じりじりと距離を詰めてくる万里を見て、左京は舌打ちをする。

その時、万里の数メートル後方の壁《かべ》の上から一つの影《かげ》が飛び降りてきた。

「オレがみんなを助ける～！」

のんびりとした口調に似合わぬ素早さで、三角が檻《おり》の解放ボタンへと駆《か》けだす。

「すみー！」

「さすが三角さん！」

一成と椋が、頼《たの》もしい三角の雄姿《ゆうし》を見て歓声《かんせい》をあげる。

「――やらせねぇぞ！」

万里は左京を確保する前に踵《きびす》を返《かえ》した。

「ぎゃー！　戻《もど》ってきたッス！」

「逃げろ、すみーさん！」

「わ～い！」

太一の悲鳴と九門の声援《せいえん》を背に、三角は楽しげに逃げ回る。

一方、運良く万里から逃《のが》れた左京はほっと息をついた。

万里の隙《すき》をつくべく檻の方をうかがった瞬間、どこからか低い唸り声が聞こえてきた。

「ぐるる……」

万里とは明らかに違う声だと気づいた左京が忌々《いまいま》しげに舌打ちする。

「——ちっ、新手《あらて》か」

「俺は……お前の罪を……知っている」

低く地の底から聞こえてくるような声を聞いて、左京がわずかに目を見開く。

「勝手に……寮《りょう》の消耗品《しょうもうひん》を……全部お買い得品に……変えている……」

「——何？」

「……シャンプーと……リンスを……薄めてる……ジュースも……」

明らかに左京を知っている風だが、さっきから声はすれども、姿は見えない。

「誰だ、どこにいる⁉」

左京が辺りを見回した時、頭上に影が躍った。

「はあ！」

突然目の前に現れた黒髪《くろかみ》のゾンビの姿を見て、左京が動きを止める。

「お、お前、まさか……」

うろたえた左京に、黒髪のゾンビと、その後ろからいつの間にか集まっていた他のゾンビたちが迫る。

「ぐがあ！」

「ぐるる！」

「うがあ!!」

黒髪のゾンビを筆頭に、ゾンビたちは一斉に左京に飛びかかった。

アナウンスでイベント終了が告げられると、参加者やゾンビが一斉に沸《わ》き立《た》った。追う者と追われる者とで立場は違えど、一緒にイベントをやりきった達成感は同じだ。その中にいづみたちも混じる。

「はー、楽しかった～」

三角が満足げな息を漏《も》らす一方、いづみは苦笑いを浮かべた。

「結局ほとんど閉じ込められたままだったね」

「ゾンビが強すぎるッス」

「結局、俺たちゾンビの圧勝だったな」

太一がげっそりとした表情でつぶやくと、万里が勝《か》ち誇《ほこ》った笑《え》みを浮かべる。

「すみーは絶対捕まらないと思ったのに、セッツァー策士《さくし》すぎ！」

「まさか、監獄の中にサンカクグッズを用意しとくとはね」

一成と幸が感心したように言う。

「でも、自分から入ってくるとは思わなかった」

「さんかく、いっぱいあったからね～」

臣が意外そうにつぶやくと、三角はあっけらかんと言い放った。

「結局、ＭＡＮＫＡＩメンバーは全滅《ぜんめつ》か」

「莇と全員捕まえるって決めてたからな」

天馬の言葉に、万里が当然といった様子で答える。

「アザミンもノリノリでゾンビしてたよね！」

「別に……ま、そこそこ楽しかったけど。誰かさんがゾンビに群《むら》がられるダセェところも見られたし」

一成が莇に声をかけると、莇は意味ありげに左京に視線を送る。左京は顔をそむけて舌打ちをした。

「……なんつーか、初めてちょっと芝居が楽しいって思ったかも」

「だろ」

左京の反応を満足げに見届けた後、莇がぽつりとつぶやくと、万里がにやりと笑った。

「芝居でなら、またこーやってクソ左京をやり込められるもんな」

「……ま、腕っぷしとかでかなわねぇ奴をぶちのめすための一つの方法ではあるな。ただし、舞台じゃ芝居の内容で勝たねぇと意味ねぇぞ」

万里が釘を刺すと、莇が興味をひかれたように口元で笑う。

「……やってやるよ。面白そうだ」

「動機は不純すぎっけど、まぁ最初はそれでいいわ。その威勢《いせい》、稽古場にも持ってけよ」

万里はそう言って、莇の肩を叩いた。

その後、着替《きが》えに戻った万里や莇と合流して帰途《きと》につく。

すでに他の参加者の多くは遊園地を後にしており、人通りはまばらだった。

「はー、走り回ったらお腹すいちゃった～」

三角が眉を下げてお腹をさすると、一成が近くの売店を指さす。

「あっちにゾンビメニューいっぱいあったよん」

「ゾンビメニュー？」

「内臓カレーとか、目玉アイスとか！」

いづみが首をかしげると、一成が明るく答える。

「食欲失《う》せる……」

「目玉アイス……」

幸が眉を顰めるのに対して、十座の目がきらりと光る。

「お前、甘《あま》いもんならなんでもいいのな？」

万里があきれたように十座に突っ込んだ。莇はそんな一行《いっこう》の後ろを歩きながら、自らの手のひらを見下ろした。手首の近くが擦《す》れて、血がにじんでいる。

「――莇。手、擦りむいたのか？」

臣が莇の手を覗《のぞ》き込むと、莇は小さく手を振りながらうなずいた。

「ああ、二階から飛び降りた時に、ちょっと擦った」

「絆創膏《ばんそうこう》持ってるから、水で洗ってこい」

バッグの中をごそごそと探《さぐ》りながら臣が言うと、莇はふいっと顔をそらした。

「別にいい」

そのまま隠すようにポケットに手を突っ込んでしまう。

「そのままにしとくと、雑菌《ざっきん》入るぞ」

「いいって」

心配げな臣に、莇は頑《かたく》なに首を横に振る。

「じゃあ、絆創膏だけでも貼《は》って――」

「だから、別にいらねえって言ってんだろ」

絆創膏を差し出した臣の手を、莇が振り払う。

臣が驚いたようにわずかに目を見開くと、莇は自分でも言いすぎたと思ったのか、バツの悪そうな表情を浮かべた
「……後で自分でやっとくんで」

「あ、ああ、そうか」

臣もぎこちなく微笑んで絆創膏をしまう。

「おい坊《ぼん》、その態度はねぇだろ」

「うるせぇ。関係ねぇだろ」

左京がたしなめると、さっきよりはるかに険《けん》のある声で悪態をつく。ただ、それはいつも通りのやり取りなだけに、二人も、周りも気にも留《と》めない。

ただ、さっきの臣に対する態度だけが違っていた。

九門も心配そうに莇に歩み寄る。

「莇、どーしたんだ？　なんか変じゃね？」

「なんでもねぇよ」

莇はぶっきらぼうに答えると、それきり黙ってしまった。

（臣くんと莇くん……なんだか雰囲気が変だな。どうかしたのかな……？）

莇の様子を、いづみも不思議に思いながら見つめた。


『母さんの仇《かたき》だ！　くたばれ！』

『あいにく、記憶にないな――！』

アドリブによる莇の攻撃を、左京がうまくかわす。

ゾンビイベント以来、莇の芝居は明らかに変化していた。

（莇くん、自然とアドリブが出てくるようになったな。ほとんどが左京さん演じるビルに対する攻撃っていうのがなんだけど……。でも、前に比べると自由にのびのび演じてる気がする。楽しんでるのが伝わってくる。役作りのために参加したゾンビラン・ナイトだけど、思わぬ収穫《しゅうかく》だ。あと気にかかるのは、アレだけだな……）

いづみはイベント終了後のことを思い出しながら、視線を横に流した。

昼食を終えたいづみと秋組メンバーがソファで休んでいると、キッチンの方から香《こう》ばしい匂《にお》いがしてきた。

「みんな、スコーン焼けたぞ」

スコーンが山盛りになった皿を臣が持ってくる。

莇はその横をすり抜けて、談話室のドアへ向かった。

「莇もどうだ？　甘くないマーマレードジャムを作ってみたんだ」

臣が勧《すす》めるが、莇は視線を合わせることもなく、ドアノブに手をかける。

「腹減ってないから、俺はいい」

「そうか……」

臣は眉を下げて微笑むと、莇の背中を見送った。

ゾンビラン・ナイト以来、二人の関係は目に見えてぎくしゃくしていた。

（莇くんは、臣くんに反感を抱《いだ》いてるっていうわけでもなさそうなんだけど……左京さんに対する態度とは違うし。ただ、そっけないっていうか、ぎこちない感じがする。臣くんも莇くんに対して遠慮《えんりょ》してるっていうか……。一体、どうしたんだろう）

二人のことが、目下いづみの悩《なや》みの種となっていた。

広々とした葉星《ようせい》大学のキャンパスは緑豊かな自然にあふれていて、芝生《しばふ》に覆《おお》われた広場は学生たちの憩《いこ》いの場となっている。

優しい木漏《こも》れ日《び》が降り注ぐ中、綴と十座、臣が連れ立って歩いてきた。

「稽古の調子、どうだ？」

「大分まとまってきたっす」

「莇もアドリブがうまくなってきたから、公演ではギャグもどんどん入れるって万里が言ってたぞ」

「本番が楽しみっすね」

十座と臣の現状報告を聞いて、綴が微笑《ほほえ》む。と、臣の表情が曇《くも》った。

「ただ、どうも最近、莇に避けられてる気がしてな……」

「莇に？」

驚いたように目を見開いた綴に対して、事情を知る十座は心当たりがあるようにうなずいた。

「まあ、臣さんのスコーン断るとかは信じられなかったっすね」

「そこかよ？　単純に甘いものが嫌《きら》いなんじゃないっすか」

綴が首をかしげると、臣は苦笑いしながら言葉を濁《にご》した。

「いや、スコーンの一件だけじゃなくてさ……なんて言うんだろうな。アイツ相手だとうまくいかないんだよ。他の十座や太一に対してやるのと同じようにすると、莇が迷惑そうっていうか……いや、迷惑っていうのも違うな。嫌がってるわけでもなさそうなんだが……。とにかく勝手が違っててな、どう接していいかわからなくなる」

弱りきった様子で頭を掻《か》く臣を見て、綴は意外そうな顔をする。

「伏見《ふしみ》さんでもそんな風に思うことあるんすね」

「そりゃあな。年齢《ねんれい》も結構離れてるし」

「それを言ったら、左京さんの方が離れてる」

十座が冷静に指摘《してき》すると、臣がうなずいた。

「だから、左京さんも苦労してるだろ」

「確かに……」

綴が納得したようにしみじみとつぶやいた。

十座は少し考えた後、真剣な表情で口を開いた。

「正面から話してみたらどうっすか。莇も左京さんにはあんな調子だけど、九門のこと心配したりして、いい奴だと思う」

「それはそうなんだよな。だから、余計に莇の気持ちがわからなくてな」

「なんか莇なりに理由があるんじゃないっすかね」

綴も考え考え自分の意見を口にする。

「今度、それとなく九門に聞いてみます。莇も九門になら心を開いてるみたいだし」

「悪いな」

十座が申し出ると、臣が眉を下げて微笑んだ。

「いえ、いつも世話になってるんで」

十座はそう言って律儀《りちぎ》に小さく頭を下げた。


莇が夜風に吹《ふ》かれながら、バルコニーの柵《さく》にもたれてぼんやり考え込んでいると、バルコニーの扉が開いた。

「――莇」

「ん？」

振り返った莇に、九門が小さく手を上げる。

「何してんだ？」

「別に。ぼーっとしてた」

「ふーん？　なんか、一気に寒くなってきたなー」

九門が相槌《あいづち》を打ちながら莇の隣《となり》に並ぶ。

「秋だしな」

「早く夏になんねーかなー」

「終わったばっかだろーが」

「そうなんだけどさー」

九門がわずかに口をとがらせると、つかの間沈黙《ちんもく》が落ちる。

九門は少し考え込むように前方を見つめた後、口を開いた。

「そういやさ、さっき、臣さんがチーズケーキ焼いてくれてたけど、食べた？」

「いや……」

臣の話題になると、莇は少し決まり悪そうに視線を流す。

「すげーうまかったぞ。スコーンもうまいし、臣さんさすがだよなー。そんなに甘くないから、莇も食べれば良かったのに」

九門がにこにこしながら話し続けるも、莇は黙り込んでしまう。

「莇さ、なんか、臣さんのこと避けてね？」

九門が莇の顔を覗き込んだ。莇は戸惑ったような表情で視線をさまよわせる。

「……避けてるっつうか、なんかあの人、どう接したらいいかわからねぇ」

「なんで？」

「なんか、あの人さ――」

莇は言葉を探すように話し始めた。


それから間もなく、一〇五号室のドアがノックされた。

「臣さんいるー？」

顔を覗かせた九門を見て、臣が首をかしげる。

「どうした？」

「あのさ、ちょっと来て」

「え？」

九門は面食らったような臣の手を引っ張って、部屋から連れ出した。

そうして臣が連れられてきたのはバルコニーだった。

「莇……」

臣と莇はお互《たが》いの顔を見て、驚いたように目を見開く。

「ちゃんと話すんだぞー」

「おい、九門――」

九門は一言言い残すと、さっさと二人を置いて去ってしまった。

残された臣と莇の間に気まずい沈黙が流れる。

「……なんか、ごめんな」

先に切り出したのは、臣の方だった。ぎこちない微笑みを浮かべながら、頰《ほお》を搔く。

「俺が莇に避けられてるかもしれないって十座に相談したら、気を利《き》かせてくれて、九門に頼んでくれたんだ」

「別に、避けてなんて……」

尻《しり》すぼみになる莇の言葉を、臣が引き取る。

「俺、ついみんなを構いすぎちまうところがあってさ。人によっては、迷惑とかうっとうしいって思うよな。この間みたいに正直に言ってくれれば、なるべく気を付けるようにするから」

臣が穏《おだ》やかな笑顔で優しく言うと、莇は複雑な表情を浮かべて視線をそらした。

「……迷惑じゃない」

「え？」

臣が虚《きよ》を突《つ》かれたように目を丸くする。

「ただ、どうしていいかわからないだけだ。なんかアンタの構い方……親っていうか、母親みたいな感じだから」

うろうろと視線をさまよわせる莇の表情には嫌悪など一切なく、困惑《こんわく》だけが広がっていた。

「母親……？」

ぽかんとしている臣の反応を見て、莇が気まずそうな顔をする。

「男相手に変だろ。でも、なんか菓子《かし》作ってきたり、やたらとケガ心配したり、そういう感じがするから戸惑うんだよ」

「そうか……」

「俺、小さい頃に母親亡《な》くしたから、そういう相手にどう接したらいいかわかんねぇっつーか。左京とか親父はもっと雑だし、厳しかったからな。甘やかされたことなんてねーし。アンタに心配されたり、世話焼かれるのがむずがゆくてしょうがねぇのかも……」

「……そうだったのか」

臣は莇の説明を聞いているうちに納得したように、つぶやく。そして、莇をじっと見つめて、続けた。

「俺の母親も、俺が小学生の時に亡くなったんだ」

「え……？」

莇が臣を見つめると、臣が微笑む。

「そういう意味では、母親っていうものがわからないのはお前と同じだ」

「その割には、母親っぽいけどな」

莇が突っ込むと、臣はゆっくりと首をかしげた。

「それは……無意識に自分が母親を求めてて、演じてる部分があるのかもな。自分なりの母親像を」

「……ふーん」

「まあ、莇に迷惑だって思われてないなら良かった」

「……うん」

臣がほっとしたように笑みを浮かべると、莇は気恥《きは》ずかしそうにうなずいた。

それきり、また沈黙が流れる。けれど、さっきよりもはるかに心地《ここち》いい静寂《せいじゃく》だった。

「つーかさ、九門にちゃんと臣さんと話してみろって言われたけど、そんなに話すことなんてないよな」

「はは、そうだな。俺とお前じゃ歳《とし》も離れてるし、共通点も――」

臣が歯を見せて笑った後、思い出したように動きを止めた。

「ああ、でも、母親のこと以外にも、もう一つあったな。共通点」

莇が不思議《ふしぎ》そうな顔をすると、臣はわずかに表情を引き締めた。

「……俺の人生でたった一度の家出話、聞いてくれるか？」

第5章

ボーイフッド・コラージュ5　伏見臣

自分を取り巻く環境《かんきょう》が激変したことで、俺《おれ》は早く大人にならなきゃいけなかった。

母親が死んで、親父《おやじ》は抜《ぬ》け殻《がら》のようになった。かろうじて仕事は続けていたものの、表情や感情を失い、子どもの世話も家のこともろくにできなくなっていた。

まだ幼い弟たちも、母親が亡《な》くなったということを理解できず、ただ不安がっていた。

男四人になった家庭にはいつも暗い雰囲気《ふんいき》が漂《ただよ》っていて、いつ壊《こわ》れてもおかしくない危《あや》うい均衡《きんこう》を保っていることが、子どもながらにもわかった。

長男である自分がしっかりしないといけない。そう思って、親父に家のことは全部任せてほしいと申し出た。

洗濯《せんたく》や掃除《そうじ》のやり方、包丁《ほうちょう》の使い方も味噌汁《みそしる》の作り方も、がんばって一から覚えた。

毎日学校帰りに夕飯の買い出しをして、帰って掃除、洗濯、夕飯作り。それが終わったら、翌朝の親父の弁当の仕込《しこ》みをして……。

小学校の放課後は、習い事もクラブ活動もせず、友人からの誘《さそ》いも断って、ひたすら家事に明け暮れた。

そんな日々が続いたある日、自分の中で突然《とつぜん》プツンと何かが切れた。

きっかけはささいなことだ。

弟が俺の作った夕飯を食べずに、お母さんのごはんが食べたいと言いだした。母親を恋《こい》しがるのは当然だ。

いつもなら、あやすことができたのに、その時、俺は何も言うことができなかった。

翌日の放課後、母親がよく作ってくれた肉じゃがを作ろうと材料を買って、家に帰ろうとして、足が止まった。

俺は買い物袋《ぶくろ》をぶら下げたまま、家と反対方向にひたすら歩いた。

たどり着いた河原《かわら》に座《すわ》り込《こ》んで、ただ沈《しず》んでいく夕日を眺《なが》めてた。

(今頃《いまごろ》親父や弟たちはどうしているだろう。腹を空かせてないか……。でも次男はよく宅配ピザが食べたいと言っていたから、みんなでピザでもとってるかもしれない)

そんな妄想《もうそう》をしてると、自分のしてきたことがバカみたいに思えてきた。

クリーニングに出せば、皺《しわ》一つなく洗濯してもらえる。料理だって、今の俺が作る飯《めし》よりコンビニ弁当の方がうまいだろう。それなのに、毎日バカみたいにがんばって、やりたいことガマンして……。

そんなことを考えていたら、いつの間《ま》にか眠《ねむ》ってしまっていた。

肩《かた》をゆすられて目を覚ますと、目の前に目つきの悪い少年がいた。

「……なぁ、お前も家出？」

同い年くらいのその少年は、那智《なち》と名乗った。隣《となり》の学区の小学校に通っているらしい。

「俺も家出でさぁ。まあ、いつものことなんだけど。うちの親、遅《おそ》くまで仕事してていねーから」

「いつも家出してんの？」

「もう二桁《にけた》はいった。マジ、プロだから色々教えてやるよ」

家出のプロだと豪語《ごうご》する少年が面白《おもしろ》くて、俺はつらつらと家出をした理由を話し始めた。

「いんじゃね？　好きなだけサボれば」

「でもさ……」

「今まで休みなかったんだから、いくらサボっても文句言われねぇよ。やりたくなったら、またやれば？」

那智のあっけらかんとした言葉に衝撃《しょうげき》を受けた。

「しょーきゅー二日制って知らねぇの？」

どや顔で言い間違《いまちが》えるのがおかしくて、思いっきり笑った。

ひとしきり笑ってから、本気でサボりたいのかと言われれば、別にそうでもないことに気づいた。

親父が仕事に没頭《ぼっとう》するように、俺は家事に没頭することで母を亡くした悲しみを一時忘れることができた。家族のためにがんばることで、天国の母に必死で呼びかけていたのかもしれない。

俺たちは俺たちだけで大丈夫《だいじょうぶ》だと。心配しなくていいと。

そうすることで、同時に自分の心をなぐさめていたんだと思う。

「好きなだけサボるのは、もうちょい後にする」

「なんで?」

もしこの先、弟が大きくなって、親父の心配もなくなって、本気でサボりたいと思える時が来るかもしれない。多分その時は、天国の母親が安心したから休んでいいと言ってくれてる時なのだろう。だから、その時までは……。

「そん時は俺も付き合ってやるよ」

那智《なち》はそう言って歯を見せて笑った。

那智と別れて家に帰ると、深夜だというのに、親父も弟たちも寝《ね》ずに待っていた。

そして、靴《くつ》を脱《ぬ》ぐなり親父に、ずっと家事を任せっきりにしてごめんと謝《あやま》られた。何かコンビニでごはん買ってくると言われたけど、もったいないから買ってきた晩飯《ばんめし》用の食材で夜食を作った。

その時作った味噌汁が会心《かいしん》の出来で、弟がお母さんの味だと言った。それからみんな無言で味噌汁を飲みほした。

その日から、父親は少しずつ笑うようになって、弟たちも家事の手伝いをしてくれるようになった。

家に充満《じゅうまん》していた沈んだ雰囲気は少しずつ薄《うす》まっていった。

それきりすっかり忘れていた家出のプロと再会したのは、高校生になってからだ。

俺は家出のおかげで、家族の絆《きずな》と唯一無二《ゆいいつむに》の親友を得た。

臣《おみ》が遠くを見つめながらバルコニーの柵《さく》に体重をかけると、ぎしりと微《かす》かな音がする。

「俺が母親みたいだっていうのは、家の中で俺が俺なりに理想の母親ってやつを体現しようとしていたからだと思う。ＭＡＮＫＡＩ寮《りょう》って、衣食住を共にしてる一つの家族みたいだろ？　だから、年下の奴《やつ》には、無意識に弟みたいな構い方をしちまう。それが、莇《あざみ》を戸惑《とまど》わせる原因だったんだと思う。ごめんな。これからは、あんまり——」

　そう言いながら莇に笑いかけた時、莇が臣の言葉をさえぎった。

「いい」

「え？」

「アンタはそのままでいい」

　莇がまっすぐに臣を見つめる。

「さっきも言っただろ。どんな反応していいかわからなかっただけで……嫌《いや》だったわけじゃねーし」

「——そうか」

　莇が気まずそうに視線をそらすと、臣は優《やさ》しく微笑《ほほえ》んだ。

　数日後、キッチンで夕飯の後片づけをしている臣の隣に、莇が無言で並んだ。

　シンクに積み重なった皿を掴《つか》んで、洗い始める。

「食器洗ってくれるのか？　ありがとう」

「……メシ、うまかった」

臣が微笑むと、莇はぶっきらぼうに告げる。

「今度、莇の好物も作るな。リクエストあったら、言ってくれ」

「……ししとうの串《くし》」

「渋《しぶ》いな。じゃあ、明日は串揚《あ》げにしよう」

臣は笑《え》みを深めながら、了承《りょうしょう》した。

明らかに雰囲気の変わった二人の姿を、九門《くもん》や十座《じゅうざ》、綴《つづる》が優しいまなざしで見つめていた。

「二人とも、ちゃんと仲直りしたみたいだね」

「だな」

「どんな方法使ったんだ？」

綴がたずねると、九門はにかっと笑った。

「言葉で謝れない時、どうしたらいいか教えてあげたんだ。オレも母さんに謝れない時、皿洗いしてはぐらかしてたからさー」

「よくやった」

「これで、秋組《あきぐみ》の連携《れんけい》もうまくいきそうだな」

仲良く並んで後片づけをする二人を見ながら、綴たちは目を細めた。


午後稽古《けいこ》の始まる時間、稽古場の鏡《かがみ》の前に、秋組公演の衣装《いしょう》がずらりと並べられた。

「すげー！　かっけーッス！」

「THEハンターって感じだな」

「さすが幸《ゆき》くん！」

太一《たいち》が歓声《かんせい》をあげれば、莇やいづみも衣装の完成度をほめる。

「アンデッドっていっても、そこまでおどろおどろしい感じでもないんだな」

「ぼろ布でも着せられるのかと思った」

「そんな見栄《みば》えが悪い衣装にするわけないじゃん」

臣と左京《さきょう》の感想を、幸が鼻で笑う。

「みんな、体の前で合わせてみて」

いづみが促《うなが》すと、それぞれ衣装を手に取った。

「あとはメイクだな」

「一人ずつやってくから、万里《ばんり》さんから座《すわ》って」

鏡を覗《のぞ》き込《こ》みながら万里が言うと、莇が鏡の前に置いた椅子《いす》を示した。

衣装を着たメンバーに順にメイクを施《ほどこ》していく。

ゾンビラン・ナイトで鍛《きた》えただけあって、手際《てぎわ》がいい。

「痛《いて》ぇ」

ペンシルで瞼《まぶた》を擦《こす》られて、左京が顔をしかめる。

「ああ、つい力が入った」

しれっと言い放つ莇を、左京が睨《にら》んだ。

「そんな腕《うで》でプロ目指してんのか？」

「うるせーな。黙《だま》ってろ。口にブラシ突《つ》っ込《こ》むぞ」

メイク中は莇の独壇場《どくだんじょう》だ。左京は鋭《するど》い目で睨み付けながらも、口をつぐんだ。

（臣くんとの関係は良くなったみたいだし、残る問題はこの二人だけだな……）

いづみは果たし合いでもするかのような表情でメイクをしている二人を見て、眉《まゆ》を下げた。

立ち並ぶ劇場の明かりに照らされる夜のビロードウェイに、おどろおどろしいうめき声が響《ひび》いた。

『ぐがあああ！』

『うがああ！』

赤い目に、つぎはぎだらけの腕、バックルが連なる黒いジャケットに、肩から斜《なな》めにベルトをかけた姿の臣と、紫色の目に赤いシャツとベスト、黒いネクタイに黒いコートを羽織り、赤と黒のストールをかけた左京が、周囲の通行人を威嚇《いかく》する。

「ストリートＡＣＴ？」

「ゾンビ物じゃない？　面白そう！」

（よしよし、摑みはばっちり。次は――）

驚《おどろ》きながらも興味津々《きょうみしんしん》で足を止める人々を見て、いづみは内心ガッツポーズをとる。

『こんなとこまで出てきてんじゃねぇよ』

悠々《ゆうゆう》と出てきたのは、タイトなクルーネックのトップスにガンホルダーを身につけた万里だ。腰《こし》にはジャケットを巻き付け、カーキのワークパンツをはいている。臣と左京とは違《ちが》って、目は自然な色で、肌《はだ》にも傷跡《きずあと》はない。

『とっとと片づけるぞ。飯代が稼《かせ》げる』

万里に並んだのは左京たちと同じ赤い目をして、鼻の上と首に大きな傷跡がある莇だ。ボロボロの黒いインナーの上にジャケットを羽織り、黒いパンツもあちこち切《き》り裂《さ》かれたようなダメージ加工が施されている。

『言われなくてもわかってる！』

莇に声をかけられて出てきたのは太一《たいち》だ。カーキのインナーの上にフードのついたジャケットを羽織っている。ジャケットには白いラインが入っていて、万里の衣装と同じカラーリングだった。

「こっちは、ハンターだ！」

「いいじゃん！　カッコいー！」

通行人がハンター対ゾンビの対決に、歓声をあげる。

（莇くんもすっかりエチュードに慣れてきたな。自然に楽しめるようになってきた気がする）

台本のないやり取りに違和感《いわかん》なく対応していく莇を見て、いづみが表情をゆるめる。

『ＭＡＮＫＡＩカンパニー新作公演《ＤＥＡＤ《デッド》／ＵＮＤＥＡＤ《アンデッド》》よろしくな』

今回の舞台《ぶたい》では情報屋の役を務める十座が、宣伝をしながらフライヤーを配る。

「フライヤー、一枚ください」

「私も――」

観客たちが次々にフライヤーを手に取っていった。

(うんうん。公演の内容に合わせたストリートACTにして良かった。お客さんのウケも良さそう)

『てめぇ、早くくたばれ!』

『こっちのセリフだ――』

莇と左京のバトルがひときわ激しさを増す。

(莇くん、自然にエチュードをこなせるようになったのはいいけど、左京さん相手だとどんどん地が出てきちゃうな。敵役《かたきやく》だから、今まではそれが味になってたけど、度が過ぎると、役からはみ出しちゃう……)

『こういうのは、ハンターが勝つって決まってんだよ!』

『んなもん、誰《だれ》が決めた』

完全にムキになっている二人を見て、いづみは頬《ほお》を掻《か》いた。

(この辺で止めた方がいいかな――)

そう思っていた時、万里が動いた。

『やばい――弾切《たまぎ》れだ。一旦《いったん》引くぞ』

銃《じゅう》を構えたまま後退《あとずさ》りする万里に、太一が続く。

『撤退《てったい》ッス！』

最後に莇も名残惜《なごりお》しそうに去っていった。

(良かった。万里くんたちがうまく引き上げてくれた)

幕引きと共に大きな拍手《はくしゅ》が沸《わ》き起《お》こる。

「良かったよー！」

「公演がんばってねー！」

「どーもー」

「ありがとう」

「公演よろしくッスー！」

観客たちの声援《せいえん》に、万里や臣、太一が愛想《あいそ》よく応える。

一方、莇と左京は未《いま》だに芝居《しばい》を引きずっているかのように、お互《たが》い顔をそむけていた。

(それにしても、莇くんはどうしてあんなに左京さんを嫌《きら》ってるんだろう……。二人の根本的な問題を解決しないと、このままじゃ公演を迎《むか》えられない)

いづみは決して視線を合わせようとしない二人をじっと見つめた。

夕食前、談話室のソファに座る左京に向かって、迫田《さこだ》が頭を下げた。

「んじゃ、アニキ、おれはこれで失礼するっす」

「ああ、ご苦労だったな」

迫田が談話室のドアへ向かった時、ダイニングテーブルについていた莇が声を漏《も》らす。

「……あ、やべ。ケンさん、実家に帰ったら、俺のカバン持ってきてくれねぇ？　教科書入ってんだ。明日でいいからさ」

「ああ、だったら後で――」

莇に頼《たの》まれた迫田がすぐにうなずくと、左京がさえぎった。

「自分で取りに行け」

「あ？」

莇の目が吊《つ》り上《あ》がる。

「……あー、たしかに、一回くらい家に顔出してやったらいいんじゃねーか？」

迫田もそう勧《すす》めるが、莇は目に見えてふくれっ面《つら》になった。

「クソジジイと鉢合《はちあ》わせしたくねぇ。頼むよ、ケンさん」

「そっか？　まあ、おれは別にいいんだけどさ」

莇が再び頼み込むと、迫田はあっさり引き受ける。

「迫田をパシリに使ってんじゃねぇよ」

「ケンさんはアンタのもんじゃねぇだろ。アンタには関係ねー」

左京が不機嫌《ふきげん》そうに口を挟《はさ》むも、莇は突《つ》っぱねる。

「こいつは俺の舎弟《しゃてい》だ」

「だからって、なんでも決められると思ってんのかよ？」

「あわわ……二人とも落ち着いて……！」

間《あいだ》に挟まれた迫田はおろおろと二人の顔を見比べた。

「てめぇが立場利用して迫田使ってんのが悪いんだろうが」

「どっちがだよ！」

「──何？」

相手を射殺《いころ》さんばかりに鋭い目で睨み合う。一触即発《いっしょくそくはつ》といった雰囲気をさえぎるように、迫田は莇の肩に手を置いた。

「おいおい、あざみ、落ち着けって」

「──俺、こんなムカつく奴と一緒《いっしょ》に舞台立つとか、マジ無理だわ」

莇がぷいっと顔をそむけて言った瞬間《しゅんかん》、左京の目がさらに冷たく光る。

「だったらやめろ！　好《す》き嫌《きら》いで舞台に立つ立たねぇを決めるような、いい加減な奴はいらねぇ」

痛いところをつかれたように莇の表情が固まる。

左京はいつになく苛立《いらだ》ったように鼻を鳴らして、談話室を出て行った。

「あ、左京さん──！」

いづみは慌《あわ》てて左京を追った。

廊下《ろうか》に出ると、中庭に出る扉《とびら》が薄く開いていた。ゆっくりと扉を開けて、暗い土の上に一歩踏《ふ》み出《だ》す。

静かな夜の闇《やみ》に溶《と》け込《こ》むように左京が立っていた。

いづみは何も言わずに、その隣に並ぶ。

「……今、アタマ冷やしてるとこだ。ほっとけ」

左京の声にいつもの迫力《はくりょく》はない。いづみはただ黙ってその場に残った。

二人の間を、冷たい夜風が吹《ふ》き抜《ぬ》けていく。

「……左京さんがあんな風に大人げないケンカするの、莇くん相手だけですね」

いづみがぽつりとつぶやくと、左京は自嘲《じちょう》気味に声もなく笑った。

「なんだかんだ、あいつとの付き合いは長いからな。つい、あいつと出会ったばかりの頃《ころ》の自分に戻《もど》っちまうのかもしれねぇ。世話役なんて任されても、俺もまだ二十歳《はたち》そこそこだったからな。ガキ相手にイライラしっぱなしだった」

「左京さんでも、そんなだったんですね」

いづみが意外に思っていると、左京がちらりといづみの顔を見やった。

「お前といる時だって、時々ガキの頃に戻ったような気持ちになるぞ」

「子どもを相手にしてるみたいで、イライラするってことですか？」

いづみが思わず言い返すと、左京が黙り込んだ。

「否定してください！」

すかさず突っ込むいづみの顔を見て、左京は小さく笑った。

「まあ、懐《なつ》かしい気持ちになるってだけだ」

「だったら、いいですけど……」

若干《じゃっかん》引っかかりを感じながらも、納得《なっとく》する。

「……どうして莇くんはあんなに左京さんのことを嫌ってるんですか？　前からあんな風だったわけじゃないんですよね？」

いづみが以前から感じていた疑問を投げかけると、左京がうなずいた。

「……ああ。昔は口ゲンカしながらも、懐いてたな」

「だったら、どうして――」

「……あいつが俺を憎《にく》むのは、当然だ」

「え……？　どういう意味ですか？」

左京は何かを思い出すかのように、建物に切り取られた夜空を見上げた。

……銀泉会《ぎんせいかい》に入った俺がまず任されたのが、会長の息子《むすこ》である莇の目付け役っつーか、世話係だった。

母親が亡くなってからふさぎがちだった莇は、俺が銀泉会に入る前に一度家出して、大《おお》騒《さわ》ぎになったらしい。アイツがまたそんなヤンチャをしないように見張っててくれって頼まれて、俺は四六時中アイツについて回ることになった。

身の回りの世話をしたり、そろばん教えたりしてるうちに、アイツも徐々《じょじょ》に俺に言い返すくらい元気になっていった。口答えはするものの、兄弟みてぇな感じでな。色々話をしてくれるようになった。

『なあ、絶対に誰《だれ》にも言うなよ？　俺さ、将来メイクの仕事がしたいんだ。ヤクザの息子がメイクの仕事なんて女々《めめ》しい夢、叶《かな》えられるわけねーよな。諦《あきら》めた方がいいってわかってんだけどさ……』

俺はそう話すアイツの姿に自分自身を重ねちまった。役者の夢を諦めて、ＭＡＮＫＡＩカンパニーに背を向けて、ヤクザの道を選んだ俺自身の姿を……。

『いいか莇。夢があるのはいいことだ』

気づいたらそう言っちまった。恩人である会長からも、莇を立派な跡目《あとめ》として育てたいっていう夢を聞いてたのに……莇の夢を否定することはできなかった。

『俺にも、到底《とうてい》叶うとは思えねぇ夢がある。それでも、決して捨てたりはしない』

叶う望みがなかったとしても、一生捨てることはねぇ……そう言った俺に、莇はほっとしたように笑ったよ。

『いつか、一緒に夢を叶えたいな』

左京はゆっくりと視線を落とした。その目には後悔《こうかい》のようなものが浮《う》かんでいた。

「俺は、アイツの夢が叶う見込《みこ》みも少ないのに、自分と重ねて無責任に励《はげ》ましちまった。しかも、結局俺だけ一人、勝手に夢を叶えちまったんだ。アイツに憎まれてもしょうがない」

いづみはとっさに首を横に振《ふ》る。

「無責任だなんて……そんなことないです。莇くんが夏組《なつぐみ》の公演や、ファッションショーやイベントでメイクをすることでどれだけ輝《かがや》いてたか……。本当に楽しそうだったし、キラキラしてた。夢を諦めなかったから、今の莇くんがあるんです。左京さんの励ましは、間違ってなかったと思います」

自分の足で夢に向かって歩いている、その実感があったからこそ、莇は貪欲《どんよく》に吸収し成長していた。それを否定することは、いづみにはできない。

「……でも、結果的には裏切っちまった」

「左京さんは、今でも莇くんに夢を叶えてほしいと思ってるんですか？」

左京が虚《きょ》を突《つ》かれたように、一瞬《いっしゅん》言葉を失う。

「そりゃあ、できるもんなら、叶えさせてやりてぇ。アイツの夢への真剣《しんけん》さは俺が誰より知ってる」

「じゃあ――」

続けようとしたいづみの言葉を、左京は首を振ってさえぎる。

「でも、俺は銀泉会の人間で、会長の一人息子に跡目を継《つ》がせてぇっていう夢も切り捨てられねぇ。拾ってもらった恩もあるし、会長が銀泉会の将来のことを思ってアイツに期待をかけてることも知ってる。気軽にアイツの夢を応援《おうえん》できる立場じゃねぇんだよ」

左京が苦しげに顔をゆがめる。秋組の古市《ふるいち》左京ではなく、銀泉会の一員であり、莇の保護者代わりとしての本心が表れていた。

いづみにもその気持ちが痛いほど伝わってきて、自然と眉を顰《ひそ》める。

（会長の夢と莇くんの夢、板挟《いたばさ》み状態で左京さんも苦しんでるんだ……。でも、だからといって、莇くんが左京さんを憎むっていうのはなんだかおかしい気がする。応援する気持ちに違いはないのに……）

「左京さん、まずは莇くんとちゃんと話しましょう。そうやって悩《なや》んでたことも全部、素《す》直《なお》に莇くんに伝えましょう。先に夢を叶えたことを申し訳ないと思うなら、謝ってみればいいじゃないですか」

「バカ言え。こんなだせぇ話、アイツにできるか」

左京が嫌そうに眉根《まゆね》を寄せる。

「でも、莇くんに正面から向き合わないと、いつまでもすれ違《ちが》ったままです。芝居にも悪《あく》影響《えいきょう》が出てきてるのは、左京さんだってわかってますよね？　しこりを残したまま公演を迎えても、絶対にうまくいきません」

いづみが真剣に訴《うった》えると、左京がはっとしたように口をつぐんだ。

「莇くんとちゃんと話をしてください」

「……総監督《そうかんとく》の命令なら、しょうがねぇか」

いづみが言《い》い募《つの》ると、ふっと諦めたように左京が笑った。

泉田《いずみだ》の屋敷《やしき》の莇の部屋で、迫田がゴソゴソと莇の荷物を漁《あさ》っていた。

「んーと、学校で使うカバンってこれだよな？」

ブツブツつぶやきながらカバンを取り出すと、奥《おく》から長方形の箱が出てくる。

「あれ？……これ、なんだ？」

使い古された箱は、あちこち擦《す》り傷《きず》ができていた。

「小学校の頃のお道具箱だっけ。懐かしーなー」

興味をひかれた表情で迫田が箱を開けると、カードのようなものが大量に入っていた。

「ん？　これ、アニキの字か？」

一枚、一枚手に取って、しげしげと眺める。

「でも、こっちの字は違うな……」

迫田は完全に脱線《だっせん》していることにも気づかず、カードを凝視《ぎょうし》していた。

夕食後、再び寮に戻ってきた迫田が、談話室にいる莇を呼び止めた。

「あざみ、頼まれたブツ持ってきたぜー」

不穏《ふおん》な言い方で、カバンを手渡《てわた》す。

「明日でも良かったのに……」

「早い方がいいだろ」

「ありがと、ケンさん」

にかっと笑う迫田に、莇も表情をゆるめた。

「あとさ、これ」

「……え？」

迫田が差し出したのは、お道具箱に入っていたカードだった。

「なんで、こんなもん……」

莇が困惑《こんわく》した表情を浮かべる。

「……なぁ、あざみ。アニキと一回ちゃんと話せよ」

「嫌だ」

にべもなく断る莇に、迫田が困ったように言い募る。

「ほんとはわかってるだろ？　アニキが昔から、あざみのこと、どんだけ大事にしてたか」

「……昔はどうか知らねぇけど、今は違うだろ。自分のやりてーことだけやって、俺のことなんて放置じゃねーか」

莇が言い捨てると、迫田は真剣な表情で首を横に振る。

「んなワケねぇだろ。……これ、言うなって言われてたけどさ。あざみって、いつもメイク道具、通販《つうはん》で買ってただろ？」

「そりゃ……店頭じゃ買えねーし」

「それ、会長も怪《あや》しんでてさ、ずっと何買ってるか調べさせてたんだよ」

「は？」

莇には初耳だったのか、目を見開く。

「そのたび、アニキがうまくごまかしてたんだ」

迫田の言葉を聞いて、莇が口をつぐむ。

「あざみも年頃《としごろ》だから～って言ってな。ずっと、会長はエロ本か何かかと思ってたみたいだぜ」

「はあ⁉　ふざけんな――！」

顔を真っ赤にして声を荒《あら》らげる莇を、迫田がどうどうとなだめる。

「まぁまぁ、そのおかげで今までばれなかったんだからさ。アニキは今でも、あざみのことどうでもいいなんて思ってねぇよ。稽古だってさ、なんだかんだでちゃんと口うるさくやってくれてんだろ？　そういうのも全部あざみのためじゃん」

迫田に諭《さと》されて、莇が沈黙《ちんもく》する。

「だから、一度アニキと――」

「それでも、俺はアイツが許せねぇ」

「あざみ……」

頑《かたく》なに左京を否定する莇を、迫田は眉を下げて見つめた。

休日の昼下がり、九門と莇がビロードウェイを並んで歩いていた。

終始九門が話していて、莇は心ここにあらずといった様子で適当に相槌《あいづち》を打っている。

「――でさぁ、急きょ至《いたる》さんとこでゲーム大会始まったんだけど、チーム戦がマジ熱くて、すげー接戦だったんだよ。今度、莇も一緒に――」

九門が身振《みぶ》り手振《てぶ》りを加えて興奮を伝えようとする一方、莇は迫田の話を思い返していた。

自分の夢なんてどうでもいいと思っていたはずの左京の心遣《こころづか》いは、莇にとって寝耳《ねみみ》に水だった。未だに混乱していて、気持ちの整理がつかない。

莇が苛立ったように顔をしかめた時、九門が声をあげた。

「――莇、後ろ！」

「え？」

振《ふ》り返《かえ》った莇の目の前に車が迫《せま》っていた。

甲高《かんだか》いブレーキ音が辺りに響く。

その頃、談話室のソファでは左京といづみがミーティングを開いていた。

「こっちの費用は問題なさそうだな」

「そうですね」

「じゃあ、後は松川《まつかわ》に回して――」

ノートパソコンを閉じる左京の顔をいづみが覗《のぞ》き込《こ》んだ。

「左京さん、莇くんと話しました？」

「――まだだ」

左京がバツが悪そうに視線をそらす。

「今日こそはちゃんと話してくださいね」

「……わかってる」

いづみが念を押《お》すと、左京は小さくうなずいた。

と、その時、いづみのスマホの着信音が鳴った。

すぐに画面を確認《かくにん》する。

「？　九門くんからだ」

普段《ふだん》ならＬＩＭＥでのメッセージのやり取りが多いだけに、首をかしげながら通話ボタンを押す。

「もしもし？」

『カントク、どうしよう！』

焦《あせ》ったような九門の声を聞いて、いづみがさらに不思議《ふしぎ》に思う。

「どうしたの？」

『今、病院で、オレ、どうしたらいいか――』

「え？　何？　落ち着いて――」

『莇が……！　莇が交通事故に遭《あ》って……！』

「え!?　莇くんが交通事故……!?」

いづみが思わず聞き返した途端《とたん》、目の前にいた左京が、がたっと立ち上がった。

『車が、すげー勢いで――！　オレ、とにかく救急車呼んで――』

「病院はどこ？」

うろたえきった九門を落ち着かせるように、ゆっくりとたずねる。

『天鵞絨病院《びろうど》……』

「――天鵞絨病院ね。わかった。九門くんは莇くんについててあげて。すぐに向かうから」

いづみがそう言って通話を切った時、左京がテーブルに足を引っかけて転んだ。

かなりの衝撃《しょうげき》だったのか、テーブルの上のノートパソコンは落ちて、左京の眼鏡《めがね》もどこかへ飛んでいる。

「左京さん!?　大丈夫ですか!?」

「ちょっと転んだだけだ――」

いづみが慌《あわ》てて駆《か》け寄《よ》ると、左京は何事もなかったかのように立ち上がった。

その左京の足元を見て、いづみは目を丸くする。

「メガネ踏《ふ》んでます！」

左京は今気づいたように足を上げた。その拍子《ひょうし》に、また体が傾《かたむ》いてたたらを踏《ふ》む。

「落ち着いてください！」

左京の動揺《どうよう》を抑《おさ》えるように、いづみが強く言う。

「莇くんは天鵞絨病院にいるそうです。急いで行きましょう」

「すぐに車を――」

左京はレンズが一部割れてなくなった眼鏡をかけ直して、真顔で言う。

「メガネ割れてます！　それじゃ、前見えませんよ。私が車出しますから――」

「――あ、ああ、悪い」

すっかりうろたえた様子で、左京はいづみの後について談話室を出た。

それから三十分後、いづみたちは天鵞絨病院の受付に駆《か》け込《こ》んだ。

「すみません！」

「はい？」

「泉田莇の病室は――」

いづみが前のめりになって看護師にたずねようとした時、少し離《はな》れたところから迫田の声が聞こえた。

「こっちっす、アニキー！」

見れば、迫田の近くのベンチに莇が座っている。

「莇くん!? 事故に遭ったって――大丈夫なの？」

どこも変わった様子のない莇の全身を上から下まで眺める。

「避《よ》けた時に壁《かべ》に腕擦ったただけ。かすり傷で済んだ」

「かすり傷……」

莇が少し擦れた袖《そで》を見せると、左京がいつになくぽかんとした表情を浮かべた。

「カ、カントク、左京さん、ごめん！　オレ、なんかパニクっちゃって……」

莇の隣に座っていた九門が、申し訳なさそうに頭を掻く。

何はともあれ、無事だったなら問題ない。いづみはほっと息をついて、たずねた。

「それが、何も言わずに走り去っちゃって……」

「相手の車は？」

「ええ？」

悔《くや》しげに九門が答え、いづみが目をむく。

「まあ、別にはねられたわけじゃねえし」

「でも、ケガをしたんだから、被害届《ひがいとどけ》出さないとね……」

なんでもないことのように言う莇に、いづみが告げる。

「別にいーよ。大したケガじゃねーし」

「いいわけあるか！」

左京の怒声《どせい》が響き、莇が眉を顰めて口をつぐんだ。

「ア、アニキ、落ち着いて。あざみは被害者で――」

迫田がおろおろしながらなだめようとするが、左京は険《けわ》しい表情のまま怒《いか》りを隠《かく》そうとしなかった。

「ケガさせられたのは事実だ。きっちり落とし前はつけさせる」

そしてじっと黙ったままの莇を見つめ、肩の力を抜《ぬ》いた。

「……とにかく無事で、良かった」

その声に険《けん》はなく、安堵《あんど》だけが伝わってくる。

「……アンタ、眼鏡どうしたんだよ？」

葑が怪訝《けげん》そうに左京の割れた眼鏡を指した。

視線をそらして答えようとしない左京に代わって、いづみが口を開く。

「慌てて転んだ時に落として、自分で踏んで割っちゃったんですよね」

「は？」

葑がぽかんと口を開けると、左京はバツが悪そうな表情を浮かべる。

「言わなくていい」

「……っていうか、なんか、ヨレヨレだし」

いつもきっちりセットされている左京の髪形《かみがた》は少し乱れ、スーツもよれている。

「うるせぇ。それどころじゃねぇだろうが」

「……何、ガラにもなく焦ってんだよ。だせぇ」

むっとしたような左京を葑が揶揄《やゆ》する。

「……心配しちゃわりぃか。俺にはもうその権利もねぇか」

いつになく力ない左京の言葉を聞いて、葑ははっとしたように言葉を失う。

「……あざみ、これでわかっただろ？　アニキがあざみのことどうでもいいなんて思うわけねぇって」

迫田が声をかけると、莇は気まずそうに顔をそむけた。

「……ど、どうだかな。今が楽しすぎて、昔のことなんて全然覚えてねーんじゃねーの」

「そんなことねーって、あざみ――」

「ど、どうせ、仁義王《じんぎおう》カードの効果だって忘れてるだろ」

莇が動揺した様子でつぶやいた言葉を聞いて、いづみが首をかしげる。

「仁義王カード……？」

「何それ？」

九門も不思議そうにする中で、左京が小さく噴《ふ》き出《だ》した。

「お前こそ忘れてるんじゃねぇのか。俺は全部思い出せるぞ」

「……じゃあ、【仁義の森のガーディアン】は？」

「攻撃力《こうげきりょく》２５００、守備力１７００。墓地に送られた時に相手の手札を任意で二枚墓地《ぼち》へ道連れにする」

莇が挑《いど》むように問いかけると、左京がつらつらと答える。

「仁義の森の……？」

「ガーディアン……？」

いづみと九門が首をかしげるが、劼は畳《たた》みかけるように続ける。

「【黒刃《こくじん》の鉄砲玉《てつぽうだま》】は？」

「攻撃力１７００、守備力８００。相手モンスターの攻撃力をターン終了《しゅうりょう》時まで半分にする」

「黒刃の？？？」

「なんかかっけー！　何それ!?」

頭の上に？マークを浮かべたいづみと訳もわからず興奮している九門を一切《いっさい》無視して、二人のクイズ合戦が続いていく。

「【氷のドス使い】」

「攻撃力１５００、守備力１０００。このカードを対象とする罠《わな》カードを無効にし、破壊《はかい》する」

「すげーアニキ！　ほんとに当たってやす！」

迫田が手に持ったカードと左京を見比べる。

「迫田さん、なんですか、そのカード？」

「手書きのトレーディングカード……？」

いづみと九門がカードを覗き込むと、迫田が左京の方を見た。

「昔、あざみとアニキが作ったカードっすよね」

「坊《ぼん》が小学生の頃だな。莇が絵を描《か》いて、俺が文字を書いてやった」

「あれ？　でも、アニキの文字以外に――」

迫田が首をひねっていると、莇がじっとカードを見つめた。

「なんでこんなくだらねぇこと覚えてんだよ」

莇の声に刺《とげ》はなく、つぶやくように言う。

「まぁ、坊と遊んだってこと以外にも、思い出深いカードだからな」

「思い出？」

莇が聞き返すと、左京は少し考えた後に口を開いた。

「……そうだな。監督さんにも言われたし、たまにはだせぇ昔話でも聞かせるか。お前と作ったカードは二代目。俺が一番最初にカードを作ったのは……母親とだった」

第6章 ボーイフッド・コラージュ6 古市左京

俺《おれ》の家庭環境《かんきょう》がいわゆる『普通《ふつう》』とは違《ちが》うってことを理解したのは、小学生の頃《ころ》のことだ。

運動会の親子リレーでクラスメイトはみんな父親と参加する中で、うちは母親と参加した。

みんなが、夏休みにどこへ旅行に行った、放課後は習い事で忙《いそが》しい、ゲームや服を買ってもらったという話を聞くたびに、自分の家との違いを意識させられた。

欲《ほ》しいものをガマンすることは当たり前だったし、誕生日ですら予算を気にしてプレゼントのリクエストをした。

母親も俺の比ではないくらいガマンして、苦労していただろう。それがわかっていたから、不満を口にすることはなかった。

ただ、クラスメイトは俺が『普通』とは違うことを感じ取って、少しずつ遠巻きにするようになった。俺自身《じしん》、同世代のクラスメイトたちを子どもっぽいと見下していて、自分から距離《きょり》を置いた。

本当は一緒《いっしょ》に遊びたい気持ちがあっても、それを素直《すなお》に認めることができなかった。

そんなある日、親切なクラスメイトが話しかけてきた。

なんとかっていうカードをやってるか、って聞かれた。

カードの名前なんてもう覚えちゃいない。その頃クラスメイトの男子が休み時間になるたびに集まってやっていたような、流行《はや》りのカードゲームだ。

やってない、と答える前に、周りのクラスメイトが割《わ》り込《こ》んできた。気遣《きづか》うような、嘲《あざけ》るような、そんな口ぶりで、やってるわけない、かわいそうだから誘《さそ》うなと、ささやかれたのが悔《くや》しくてしょうがなかった。

今まで、自分の家庭を恥《は》ずかしいとか、不幸だとか思ったことは一度もない。当時も、シングルマザーなんて珍《めずら》しいものでもなかったし、母親との暮らしにも満足していた。

それでも、その時目《ま》の当《あ》たりにした、自分たちに向けられる世間の目に対して、俺は何も言い返せなかった。

放課後、手持ちの小遣《こづか》いをかき集めて、おもちゃ屋へ向かった。

俺はかわいそうなんかじゃない、カードくらい買える……そう思って、五枚入りのカードを一パック買った。

小遣いを自分のためだけに使ったのは初めてで、家に帰るまでドキドキしたのを覚えてる。

クラスメイトの話してた最強のドラゴンカードが当たってるかもしれない、明日、教室で自慢《じまん》できるかもしれない……。

普段《ふだん》まともに話さないクラスの男子たちが自分の周りに集まってくるのを想像して、むずがゆくなる。

家に帰っていざ開封《かいふう》すると、とんだザコカードばっかりで、当然最強のドラゴンカードなんて入ってない。カードパック裏の説明を読んで、そもそも四十枚ないとデッキが完成しない、ゲームに参加することもできないと知って絶望した。母親からもらったなけなしの小遣いで、俺は何してんだって悲しくなった。

小遣いは、本当に欲しいものができた時に大事に使うように言われていた。それが、あんなくだらねぇカードに使っちまって……。

本当はちゃんと貯《た》めて、母の日のプレゼント代にしたかった。それなのに……。

母親に合わせる顔がないと思った。

無駄使《むだづか》いした悔しさや、クラスメイトに対する嫉妬《しっと》、自分の家を恥じていないはずなのにそんな感情を抱《いだ》く自分も情けなくて、母親に申し訳なくて、どうしたらいいかわからなくなって……。気づいたら、家を飛び出していた。

あてもなく歩くうちに、辺りが真っ暗になっていた。

母親がパートから帰ってくる時間もとうに過ぎていく。

今頃《いまごろ》どれだけ心配してるだろうって怖気《おじけ》づいた時、遠くから母親の声が聞こえてきた。

パート帰りで疲《つか》れてるだろうに、俺のことを探させてしまった。そのことが申し訳なくて母親の前に出て行くと、「ごめん」と抱き締められた。

家出したことは咎《とが》められずに、そのまま一緒に帰ると、母親が手書きの手作りのカードを作ってくれた。

ちゃぶ台の上に置いてあったカードパックを見て、俺がカードを欲しがってると勘違《かんちが》いしたんだろう。

とっさに、違うと、ただクラスメイトに哀《あわ》れまれるのが悔しかったからだと言おうとした。

でも「結構よくできてるでしょ」と得意げな母親を見て、そんなことはどうでもよくなった。

どんなカードが欲しいか聞かれて、最強のドラゴンと答えた。答えるたびに母さんは、想像で新しいカードを書いてくれた。

カードの効果や能力を決めたのは俺。金のかからない遊びだ。でも、真心がこもっていた。

それから、手作りのカードで何度も何度も母さんと遊んだ。いつしか遊ばなくなっても
それは捨てられなくて、ずっと取ってあった。

俺はあの日家を出て、自分の弱さと何にも代えがたい母親の愛情を知った。

いつか、自分の力でその恩を返そうと決めたのは、あの時だ。


「そんな話、一度も聞いたことねぇ」

どこか呆然《ぼうぜん》とした様子で、莇《あざみ》がつぶやく。

「ガキの頃のだせぇ話だ。話すわけねーだろ」

左京《さきょう》は小さく鼻で笑った。

「じゃあ、このカードは……？」

いづみが迫田《さこだ》の持っていたカードを指すと、莇が口を開いた。

「……これは、俺が小学生の頃作った。クソ左京と同じだ。俺はヤクザの息子《むすこ》だってウワ

サされて、学校でも浮《う》いてたから友達ができなかった。その時流行ってたカードゲームのカードを持ってたら、仲良くなれるかもしれない……そう思って小遣いでカードを買った。俺の場合、家で親父《おやじ》に見つかって、即行捨《そっこうす》てられたけどな」

莇が口元をゆがめて笑う。

「『極道《ごくどう》の跡目《あとめ》がんなチャラチャラしたもんで遊ぶな』ってよ。誰《だれ》のせいでこんなもんが必要になったのかって、心底腹が立った。あん時に、自分の小遣いで買ったもんは、死んでも親父に見つからないようにしようって学んだ。それでも結局、メイク道具も見つかって捨てられちまったけど」

「そうだったんだ……」

いづみは、うつむく莇に同情しながら相槌《あいづち》を打つ。

「坊《ぼん》が買ってきたカードを捨てられた後、昔の自分を思い出して、坊の気持ちがわかっちまった。昔の自分を見てるような気がして、つい、自分でカード作れって言っちまったんだ。極道カードだったら、会長も怒《おこ》らねぇだろうってな」

「なるほど。それで、仁義《じんぎ》の森の……」

「それじゃあ、あの混ざってた古いカードは？」

いづみに続いて、九門がたずねる。

「カードの種類は多い方が面白《おもしれ》えだろ。俺が混ぜといたんだ」

「あれが、母親と作ったカードだったのか……」

「ああ」

納得《なっとく》したような莇に、左京がうなずくと、莇はにやりと笑った。

「どうりで、アンタにしては絵がうめーと思ったんだ」

「ああ？」

左京が眉《まゆ》を顰《ひそ》める。

「莇はその頃からメイクのプロになりたかったのか？」

「……ああ」

九門の問いかけに、莇は視線を落としながらうなずいた。

そんな莇をじっと見つめた後、左京が口を開く。

「俺がメイクアップアーティストの夢を坊から聞いたのは、ちょうどその頃だ。同時に会長からも坊を立派な跡目にする、銀泉会《ぎんせんかい》の結び付きをより強固《きょうこ》にして、まっとうな極道《ごくどう》を貫《つらぬ》くって夢を聞いてた。会長と銀泉会に対する恩義《おんぎ》は忘れてねぇ。会長の夢に共感だってしてる。それでも俺は、坊の夢も否定することはできなかった。半端《はんぱ》な立場のくせに応《おう》援《えん》なんてしちまって——先に夢叶《かな》えちまって、悪かったな」

ぽつりぽつりと、左京が本音を口にすると、莇が顔を上げて左京を見た。

左京は真剣《しんけん》な表情で莇をまっすぐに見据《みす》える。

「でも、自分の夢を叶えた今だからこそ、お前にはっきりと言えることがある。諦《あきら》めるな」

力のこもった言葉を聞いて、莇がはっとした。

「たとえ親でも、自分以外の人間の夢のために、自分の夢を諦めるな。お前自身の人生だ」

左京の声はどこまでも強く、優《やさ》しい。莇はうろたえたように顔をそむけた。

「俺は会長の夢も応援してぇが、それ以上に坊に夢を諦めてほしくねぇ」

「──なんだよ、急に……」

「一番近くで、お前が真剣にやってきたのを見てきたからな……」

莇がぎゅっと唇《くちびる》を噛《か》み締《し》める。

「会長の説得は、全力で手助けする」

左京がそう告げると、莇は左京の方へ視線を向けた。

「……ほんとだろーな？」

「ああ」

左京は迷いなくうなずく。

「親父に殴《なぐ》られても知らねぇぞ」

「半分くらいは請け負《お》ってやる」

「半分かよ」

菂が小さく笑う。

「後は自分でなんとかしろ」

「……ふん」

左京も口元で笑うと、菂は鼻を鳴らした。

二人の間に流れる空気は、今までになく自然で、気安い。

(良かった……左京さんの気持ち、ちゃんと伝わった)

いづみは目を細めて二人を見守った。

夕焼けに染まる街並みが車窓《しゃそう》を流れていく。

帰りの車内は明るい雰囲気《ふんいき》に包まれていた。

「しっかし、アニキの記憶力《きおくりょく》すごいっすよねー。こんな昔のカードの内容覚えちまうんですから。おれなんて何度やっても九九も覚えられなかったっすよ」

迫田が上機嫌《じょうきげん》で口を開く。

「つーか、こんなくだらねぇもん覚えててもしょうがねーだろ」

莇がすかさず水を差すのは相変わらずだ。

「俺は記憶力がいい方なんだ。坊が小学校の入学式の時に気合い入れてオールバックで行って、浮いてたことも覚えてる」

左京の反撃《はんげき》を受けて、莇の頬《ほお》がさっと赤く染まった。

「あざみ、かっけー！」

迫田は空気を読まずに声をあげる。

「二年生の運動会の騎馬戦《きばせん》で坊が最強すぎて、周りが遠巻きにして、ただ練り歩くだけになってたのも覚えてる」

「さすが莇！」

九門も気まずそうな莇に構わず、素《す》でほめた。

「三年生の夏休みの図工の宿題で、粘土《ねんど》でドス作って担任に呼び出されたことも――」

「ふざっけんな！　余計なことべらべらしゃべってんじゃねー！」

たまりかねたように莇が声を荒《あら》らげると、左京はにやっと笑った。

「眼鏡《めがね》のことを笑った仕返しだ。……俺は、忘れたくねぇことだけは絶対に忘れねぇんだよ」

小さく付け加えられた後半の言葉は、誰にも届かず消えていった。

昼下がり、談話室のソファセットに秋組《あきぐみ》が勢揃《せいぞろ》いしていた。

莇がぐるりとメンバーを見回す。

「秋組全員、集まったな？　じゃあ、始めるぞ」

そう言って立ち上がると、腕《うで》を組む。

「公演初日が迫《せま》ってきた今、公演期間を乗りきるためにアンタたちに言っておきたいことがある。——ケンさん」

「あいよ！」

迫田がどこからか大きな垂れ幕を抱《かか》えて現れる。

（なんか、一年くらい前に同じような光景を見たことがあるような……）

「デジャブ感じるッス！」

「俺もだ」

いづみの既視感《きしかん》に、太一《たいち》と十座《じゅうざ》も追従《ついじゅう》する。

「じゃーん！」

迫田の効果音と共に広げられた垂《た》れ幕《まく》には、堂々たる墨《すみ》の文字が書かれていた。

「公演期間中の美容スローガン……？」

「睡眠《すいみん》・保湿《ほしつ》・スキンケア生活……？」

「題字迫田ケン！」

万里《ばんり》と太一がぎこちなく読み上げると、迫田が大きく付け加える。

「……さすが左京さんが育てただけあるな」

「なんの話だ？」

臣《おみ》のつぶやきを聞きつけて、左京が片眉《かたまゆ》を上げた。

去年、同じ流れで左京が発表したのは経費削減《さくげん》のためのスローガンだった。

「公演期間中は毎日長時間フルメイクでどうしても肌《はだ》が荒《あ》れる。ベストな状態を保つために、普段以上に気を使う必要がある。朝晩の保湿クリームは欠かすな。ビタミンCを摂《と》れ。日焼けすんな。ゴールデンタイムは寝《ね》ろ。それから、ああだこうだ……うんたらかんたら……」

（左京さんにそっくりだ……！）

よどみなくスキンケアの講釈《こうしゃく》を続ける莇を見て、いづみが目をむく。

「メイクの時の化粧《けしょう》ノリでサボってるかすぐわかるからな。荒れてたら一日白いフェイスパックつけたまんま過ごさせんぞ」

「そんなどこかの大神家《おおがみけ》みたいな……！」

顔面真っ白で目と口だけくり抜かれた状態を想像して、太一が突《つ》っ込《こ》む。

「オッサンにOLみてぇなスキンケア求めてんじゃねぇよ」

「うるせぇ。オッサンが一番肌年齢《ねんれいたけ》高ぇんだから、人一倍気張《きば》れや！　東《あずま》さん見習え！」

左京が小さく鼻を鳴らすと、莇は劇団屈指《くっし》の美肌《びはだ》の持ち主を引き合いに出して一喝《いっかつ》する。

「無茶言うな！」

「東さんはレベル高ぇな……」

「東さんか……」

万里と十座がつぶやきながら左京の顔を見つめる。

「てめぇらも、人の肌をマジマジ見んな！」

左京は周りの視線を蹴散《けち》らすように手を振《ふ》った。

(莇くんと左京さん、口ゲンカは相変わらずだけど、二人の雰囲気が前と違って刺々《とげとげ》しくない。きっとこれが以前の二人だったんだろうな……)

二人のやり取りはじゃれ合っているようで、どこか楽しげだ。それが、いづみには何よりうれしかった。

いづみが風呂《ふろ》から上がって自室に戻《もど》る途中《とちゅう》、バルコニーから光が漏《も》れているのに気づいた。

消し忘れかと思って外を覗《のぞ》くと、椅子《いす》に座《すわ》ってぼんやりと夜空を見上げている左京の姿を見つける。

「……左京さん」

「ん？」

声をかけると、いづみの存在に初めて気づいたように振《ふ》り返《かえ》った。

「何してるんですか」

「風にあたってただけだ」

のんびりと答える左京に、いづみがからかうように笑う。

「早く寝ないと、莇くんにフェイスパック貼《は》られますよ」

「嫌《いや》なこと思い出させんな」

左京が大仰《おおぎょう》に顔をしかめる。

「プロ意識が高くて頼《たの》もしいです」

いづみが微笑《ほほえ》むと、左京は少し黙《だま》った後、口を開いた。

「……事故の連絡《れんらく》受けた時、取り乱して悪かったな。お前がいてくれて助かった」

「大切な人が交通事故に遭《あ》ったって聞いたら、取り乱して当然ですよ」

いづみがフォローすると、左京は視線をちらりと室内の方へ向けた。

「……それに、アイツに謝《あやま》れて良かった。俺自身胸のつかえが取れた気がする」

「仲直りができて本当に良かったです」

心の底からそう言うと、左京が何かを思い出したようにわずかに笑う。

「暴露話《ばくろばなし》のせいで、あの後もしばらく機嫌《きげん》悪かったけどな」

「左京さんって、本当に色々覚えてますよね。公演ごとの細かい予算数字とか……！」

「大事なことだろうが」

「それはそうですけど、もう少し忘れても……」

「あ？」

「……なんでもないです」

途端《とたん》にガラの悪い左京が出てきて、いづみはすぐさま口をつぐむ。

「ま、お前がすっかり忘れちまってる、子守《こもり》時代のこともバッチリ覚えてるしな」

「え!? 昔の変な話暴露しないでくださいよ？」

突然矛先《とつぜんほこさき》を向けられて、いづみが目を見開く。

「どうだかな。お前の態度しだいだ」

左京はわざとらしく、にやりと笑って腕を組んだ。

「予算厳守します」

「当然だ」

いづみが殊勝《しゅしょう》に頭を下げると、左京はふと真顔になった。

「……それに、お前に劇場存続の条件突《つ》き付《つ》けた時に言ったことも覚えてる」

「言ったこと？」

「幸夫《ゆきお》さんが、劇団放り出して逃《に》げたに違いねぇって話だ。お前が総監督《そうかんとく》として逃げなかったら、撤回《てっかい》することになってた」

「……ああ。ありましたね、そんなこと」

いづみが初めてMANKAI劇場を訪《おとず》れた日、左京は借金返済《へんさい》の条件の一つに、いづみが総監督になることを挙げた。ただの成り行きで咲也《さくや》と支配人と共に劇団員を集めただけで、そんな覚悟《かくご》はなかったいづみに、左京は厳しい言葉で退路《たいろ》を断ったのだ。

（あの時は左京さんの気持ちがわからなかったから、お父さんを悪く言われて憎《にく》らしくてたまらなかったけど……今ならわかる。左京さんは、もう二度とMANKAIカンパニーが寂《さび》れていくところを見たくなかったんだよね……）

子どもの頃の左京の心のよりどころだったMANKAIカンパニーが寂れて、バラバラになった後、大金を貸すという形で劇団を支えたのは他ならぬ左京自身だ。

左京は真剣な表情でいづみの目を見つめた。

「タイミングは逃《のが》しっぱなしだったが……ちゃんと撤回しないととずっと思ってた。お前は逃げずに立派にやり抜《ぬ》いてる。幸夫さんも……理由もなく劇団を放り出して逃げ出すはずがない。何か、どうしようもない理由があったはずなんだ……俺もそう信じたい」

「……はい」

左京の言葉に心からうなずく。

（一体どんな理由があったんだろう。総監督として一年以上やってきたからこそ、劇団を放り出して失踪《しっそう》する理由が、どうしてもわからない。みんなと舞台《ぶたい》を作り上げることが幸せでしょうがない。ずっと続けていきたい。お父さんもきっと同じ気持ちだったはずだ。それなのに劇団を離《はな》れなきゃいけなかった理由……お父さん、一体何があったの？）

疑問がいくつも湧《わ》いては消える。確かめたくても幸夫の消息は未《いま》だにわからない。

「まぁ、考えててもしょうがねぇよな。会長を見てると、子どもをどうでもいいと思う父親なんかいねぇと思う。きっと、どこかで幸夫さんもお前のことを想ってるはずだ」

いづみを見つめる左京の目はどこまでも優しい。

「……そうですね」

（今は、お父さんが帰ってきた時に胸を張れるように、MANKAIカンパニーのみんなとがんばっていこう）

「会長と幸夫さんじゃずいぶん違うけどな。お前、幸夫さんに叱《しか》られたこと、ほとんどねぇだろう」

左京が確信を持って告げる。

「そうですねぇ……母にはよく叱られましたけど。そういえば、会長さんって優しそうに見えたのに、カードやメイク箱を捨てちゃうなんて、結構厳しいですね」

「……まあ、天国の姐《あね》さんを安心させたい一心だろうな」

左京の視線が星の瞬《またた》く夜空へと向けられる。

「莇くんのお母さんですか？」

「ああ。坊が五歳《さい》の頃に亡《な》くなった。もともと病弱だったらしい。会長と結婚《けっこん》した時から立派な跡目が産めるか、いつも心配してたそうだ。だから、第一子の坊が生まれた時は夫《ふう》婦《ふ》揃って本当に喜んだ。姐さんのためにも、坊を立派な跡目に育ててぇって、会長が酔《よ》ってぽろっと漏らしてたよ。だからこそ、俺も会長の気持ちを無下《むげ》にできなくてな」

「そうだったんですか……」

「会長も頑固《がんこ》な人だ。説得の手助けをするとは言ったが……なかなか骨が折れそうだ」

（ただ大変なだけじゃなくて、会長さんと葝くんの気持ちがわかるからこそ、左京さんも辛《つら》いんだろうな……）

いづみは何か考え込んでいるような左京の横顔をじっと見つめた。


今日も今日とて、泉田家《いずみだけ》の葝の部屋を迫田がゴソゴソ漁《あさ》っていた。泉田を始め銀泉会の人間にとっては恒例《こうれい》で、葝が迫田を頼《たよ》っているのを知っているだけに、見咎《みとが》める者はいない。

「……えーと、習字道具は、っと。あざみも学校との両立大変だよな～。フライヤーもできて、公演ももうすぐだもんな～」

ブツブツ言いながら、奥《おく》にしまい込まれた四角いバッグを引っ張り出す。

「っと、これか？　よし、これを寮《りょう》に持ってってって……」

迫田が立ち上がった時、背後にぬっと人影《ひとかげ》が現れた。

「おい、迫田」

「へ、へい!?」

泉田の声に飛び上がりながら、迫田が振り返る。

「何驚《おどろ》いてんだ」

「い、いや、なんでもねぇっす！　ど、どうかしやしたか？」

泉田に向かってぶんぶんと首を横に振って見せると、泉田は怪訝《けげん》そうな顔をしながらも、先を続けた。

「次の左京の公演、もうすぐだろ。また会の奴《やつ》らの分もチケット取ってくれ」

「へ!?」

迫田が目を丸くして、明らかに挙動不審《きょどうふしん》に目を泳がせる。

「なんだ。人数多いから、今回も監督さんには頼まなくていいぞ」

泉田が迫田に秋組公演のチケットを頼むことは、これが初めてではない。それだけに、迫田の反応には違和感《いわかん》があったのだろう。

「い、いや、それが、今回はちょっとチケット取るのも激戦で、難しいかも……」

「だったら、会の奴ら使え」

「い、いや〜それが……」

迫田は冷《ひ》や汗《あせ》を流しながら、うろたえる。

と、迫田の足元に今度の秋組公演のフライヤーが落ちていた。

「おい、迫田、なんだそれ？」

「!! フ、フライヤーが……！」

迫田が慌《あわ》てて隠《かく》そうとする前に、泉田が拾い上げる。

「主演、泉田莇……だと？」

フライヤーのキャストを認めた泉田の目がギラリと光った。

「おい迫田、こいつぁどういうことだ」

「ひ、ひい……！」

剣呑《けんのん》な目つきで見据えられて、迫田は目を白黒させた。


学校帰り、駅前を歩いていた莇のすぐ脇《わき》に、黒塗《くろぬ》りの車が静かに止まった。

「ん？」

莇が車を見た瞬間《しゅんかん》、左右のドアが開いて、中からいかにもヤクザといった雰囲気の男が出てくる。

「あ？　なんだ、オメーら――」

顔見知りらしく、莇が身構《みがま》えることなく反応すると、男たちは莇の両脇《りょうわき》から腕を取った。

「一緒に来てもらいやす」

「おい、何すんだよ？」

一歩遅《おく》れて振《ふ》り払《はら》おうとするが、男たちはがっしりと莇の腕を摑《つか》んだまま、車のドアを開ける。

「――くそ、離《はな》せ！」

莇がもがくも、二人がかりにはかなわず、車の後部座席に押《お》し込《こ》まれた。

それから間《ま》もなく、寮の談話室に迫田が血相を変えて駆《か》け込《こ》んできた。

「あざみー！　あざみ！　いるか!?」

「莇くんなら、まだ帰ってきてませんけど……」

いづみが迫田の様子を不思議に思いながら答えると、迫田の顔色が青くなる。

「そんな、まさか――！」

「どうした。何があった」

ちょうど談話室に現れた左京がたずねると、迫田が足をもつれさせながら駆《か》け寄《よ》った。

「アニキ！　大変っす！　会長が――！」

迫田が深刻な表情で、莇が劇団に入団したことや、今度の公演で主演を務めることが泉田にばれたと報告する。

「そうか……とうとう会長にばれたのか」

なかば予想していたのか、左京が低くつぶやく。

「すんません。おれがうっかりフライヤーを落としちまって……」

迫田が申し訳なさそうに頭を下げるが、左京は気にした様子もなく首を横に振った。

「どうせ、時間の問題だった。それで、会長は？」

「めちゃめちゃ激怒《げきど》してるっす。おれも絞《しぼ》られた後、命からがら逃げ出してきたんすけど、あざみに連絡がつかなくて。もしかしたら、会長の命令で強制送還《そうかん》させられてるかも……」

「強制送還!?」

あまりの言葉に、いづみが目を見開く。

「やりかねねぇな」

左京が低くつぶやいた。

と、左京のスマホの着信音が鳴った。

『もしもし？』

「どうした」

聞こえてきたのは、銀泉会の仲間であり、劇団のアンサンブルキャストでもある槙田一朗《まきたいちろう》の声だった。

『莇が劇団に入ってたことがばれて、連れ戻された。会長がアンタからも話が聞きてぇってよ』

「……わかった。すぐに行く」

『相当おかんむりだから、せいぜい気ぃ付けろよ』

槙田は低く警告すると、電話を切った。

電話を終えた左京がいづみたちの方を見やりながら、ドアの方へ向かう。

「ちょっと、会長んとこ詫《わ》び入れに行ってくる」

その表情は硬《かた》く、事態の深刻さがうかがえた。

「ア、アニキ……」

迫田が青くなる中、いづみは一歩踏《ふ》み出《だ》した。

「私も行きます！」

「監督さんには関係ねぇ。身内《みうち》の問題だ」

左京が首を横に振るが、いづみの心は決まっていた。莇の入団を許可したのは総監督である自分だ。

「莇くんは私たちにとっても、もう身内の一人です。未成年の莇くんを、会長さんの許可なく劇団に入れた責任は私にもあります」

いづみが宣言した直後、そばで聞いていた秋組メンバーが集まってきた。

「身内の問題ってことは、俺たちも行かねぇとな」

「莇はぜってー連れ戻す」

万里と十座がパンと拳《こぶし》を叩《たた》けば、太一や臣も笑顔《えがお》で続く。

「土下座でもなんでもするッスよ！」

「頭数は多い方がいいっすよね」

左京はぐるりと秋組メンバーの顔を見回した。

「お前ら……勝手にしろ」

諦《あきら》めたようにため息をついて談話室を出る左京の後を、迫田やいづみ、秋組メンバーが追った。

泉田家の屋敷《やしき》の門前に着くと、槙田が出迎《でむか》えた。

「おぅ、来たか……こっちだ」

声をひそめて、屋敷の裏手へと誘《いざな》う。

「なんだ。裏口なんて通る必要ねぇだろ」

「そんないかついメンツ揃えてたら、カチコミと間違《まちが》われるぜ。会長のとこまで案内してやる」

いぶかしげな左京に、槙田はにやりと笑った。

槙田の案内で庭に面した縁側《えんがわ》から中に入ると、物々しい言い争いの声が聞こえてきた。

「――ふざけんな!!」

「ああ？　親に向かってなんだその口の利《き》き方は!?」

歯を剝く莇の顔には殴られたような痕《あと》があったが、泉田の方も取っ組み合いの結果か髪《かみ》や服が乱れている。

「てめぇのどこが親なんだよ!?　勝手なことばっかり言いやがって――！」

莇が殴りかかると、泉田がいなして逆に殴り返す。

（こ、これは壮絶《そうぜつ》な親子ゲンカ……）

いづみがあっけにとられている中、万里や左京はのんびりと眺《なが》めていた。

「派手にやってんなー」

た。


「まあ、いつものことだ」

「そうっすね……」

迫田までしみじみとうなずいている。

「いつもこれ……!?」

ともすれば、どちらかが大ケガを負いそうなケンカが日常とは、といづみは目を丸くした。

広間では、泉田がいづみたちにも気づかないのか、ものすごい剣幕《けんまく》で勛を怒鳴《どな》りつけていた。

「いいか、おめぇは銀泉会継《つ》ぐことだけ考えてりゃいいんだ！　化粧も演劇も、しょせんお遊びだろうが！　会を背負《しょ》って立つ覚悟がねぇから、逃げようとしてるだけだろ！」

「そんなわけ――！」

勛が言い返そうとした時、それより速く迫田が勛をかばうように立つ。

「……待ってくだせぇ」

「ケンさん……？」

迫田はさっきまでオロオロしていたのがウソのように、真剣なまなざしで泉田を見据えていた。

「泉田家の会長ともあろうモンが、そんな狭《せめ》ぇ了見《りようけん》でどうすんだよ！」

「ああ!?　誰に物言ってやがる！　下がってろ、迫田！」

泉田のドスの利いた怒声《どせい》に対しても、迫田は一切退《ひ》かない。

「――いいや、これだけは言わせてくだせぇ！　あざみが、あんたの息子がどれだけ真剣に夢を追いかけて、努力してたか。大事に集めてたメイクセットをあんたに壊《こわ》されて、どれだけ傷ついたか。芝居《しばい》だって、後から未経験で入って、他の団員に追い付くためにどんだけ必死で練習してたか。何もわかろうとしねぇで、お遊びだなんて勝手に決め付けんじゃねぇ！」

泉田にも負けない剣幕で、迫田が必死の形相で怒鳴り付ける。泉田が一瞬《いっしゅん》虚《きよ》を突《つ》かれたように言葉を失った。

「演劇も、化粧もお遊びでなんて務まりやせん。一番そばで見てたおれが、誰よりも知ってんだ……」

「迫田さん……」

迫田の訴《うった》えからは、莇を思う気持ちが伝わってきて、いづみは胸を突かれた。

それは泉田にもわかったのか、黙《だま》り込《こ》む。

「……会長」

左京は、す、と迫田の横に並ぶと、中腰《ちゅうごし》で両膝《りょうひざ》に手をつき、深々と頭を下げた。

「お、おい、何してんだよ。こんな奴に頭下げる必要なんて――」

莇が焦《あせ》ったように止めようとするが、左京は真剣な表情で先を続ける。

「迫田の言う通りだ。どうか、こいつの言い分も聞いてやってはくれねぇか。会長に何も言わずに劇団に入れたことは、全部俺の責任だ。落とし前なら俺がつける」

いづみが慌てて左京の隣《となり》に並ぶ。

「待ってください！　莇くんの入団を認めたのは私です。責任は私にもあります」

泉田は居並ぶ面子《メンツ》をじっと見つめた。ただ視線を向けられただけなのに、なんとも言えない緊張感《きんちょうかん》が走る。

（う……すごい威圧感《いあつかん》だ……でも、左京さんだけに責任を負わせるわけにはいかない）

いづみはぐっと腹の底に力を入れた。

「た、ただ、莇くんのがんばりだけは認めてあげてください。莇くんは、莇くんなりに本気で芝居に取り組んできました。最初は確かに家出のためだったかもしれないけど……今は本気で芝居に向き合ってます」

いづみの訴えに、左京が続く。

「それに、坊は銀泉会から逃げたいと思ってるわけじゃねぇ。銀泉会を愛する気持ちも、会長の期待に応えてぇ気持ちもある。ただ、それ以上に夢を追いかけたくて、坊なりにずっと葛藤《かっとう》してたんだ」

左京はそこまで言うと、ちらりと莇の方を振《ふ》り返《かえ》った。

「坊、お前が化粧にこだわる理由、正直に会長に話してみろ」

「どうせ、まともに聞かねぇだろ」

投げやりにつぶやいてうつむく莇の肩《かた》を、万里が軽く叩く。

「おいおい、お前の『話』はそんなにつまらねぇのか？　初舞台《はつぶたい》の時の度胸はどうした」

「……つまらない『話』しかできないなら、お前は今頃秋組にいないな」

「会長さん、芝居好きだから大丈夫《だいじょうぶ》ッスよ」

臣と太一が微笑《ほほえ》むと、万里もにやりと笑った。

「腕っぷしで勝てねぇ奴にはどうするんだ？」

莇がはっとしたように顔を上げる。

「お前はもう劇団に入る前のお前とは違う。身につけたもんがあるだろ」

十座が拳を握《にぎ》って見せると、いづみが莇にうなずいた。

「莇くん、もう一度見せて。莇くんの――」

莇は意を決したかのように、泉田に向き直った。

「……おい、親父。目ん玉ひんむいてよーく見とけ」

そう宣言して、前に歩み出る。

「オーディションの時は、左京に見られんのが嫌で、親のことはテーマにできなかった。一番記憶に残ってる少年時代の思い出。これが、俺の『ポートレイト』だ――」

第7章 ポートレイトⅥ 泉田莇

物心《ものごころ》ついた頃《ころ》から、母さんはずっと病室のベッドの上にいた。俺《おれ》は毎日のように銀泉《ぎんせん》会《かい》の連中に付《つ》き添《そ》われて、母さんの病室に通っていた。絵本を読んでもらったり、保育園であったことを話したり。

一緒《いっしょ》に家で過ごせないのは寂《さび》しかったけど、家には会の連中がいっぱいいたし、俺にとってはそれが当たり前だと思ってた。

忙《いそが》しい親父《おやじ》もなるべく時間を割《さ》いて、たびたび見舞《みま》いに来てた。俺は面会時間ギリギリにやってくる親父を病室で待って、一緒に帰るのがお決まりだった。

親父がたずねてくる日は必ず、母さんは念入りに化粧《けしょう》をする。顔色が悪いのを気取《けど》られないように、チークブラシでチークをはたいて、唇《くちびる》にうっすらと色づくリップを塗《ぬ》る。

親父にできる限り心配をかけたくなかったんだろう。

鏡《かがみ》に向かって右を向いたり左を向いたりしながら、いつだって恋《こい》する少女のようにメイクを楽しむ母さんの姿を見て、いつからか、メイクに興味を持つようになった。

　そんなある日、俺はチークブラシを手に取った母さんに、自分もやってみたいと申し出た。

　目を閉じる母の頰《ほお》に、見よう見まねでブラシを滑《すべ》らせていくと、青白かった頰がばら色に染まっていく。ブラシ越《ご》しに、自分の手で母さんに魔法《まほう》をかけているような、あの時の感覚は今でも忘れられねぇ。

　その日、見舞いに来た親父が母さんの顔を見るなり「いつもより顔色が良さそうだな」って言った時は、母さんとこっそり目くばせをした。

　それから、俺は毎回、母さんのメイクを手伝うようになって、少しずつメイクの仕方を覚えた。

　でも、いくらメイクで顔色の悪さをごまかしても、母さんの病状は良くなるどころか悪化するばかりだった。

　亡《な》くなる直前、母さんは「莇のおかげでずっと綺麗《きれい》なままでいられる」と微笑《ほほえ》んでくれた。

「莇《あざみ》はお化粧が上手だから、これあげる」

　もうチークではごまかしきれないくらい白い顔をした母さんがくれたのは、魔法のチークブラシ。

母さんをもっと綺麗にしてあげたかった。ずっとそばにいてほしかった。

でも、どんな魔法を使っても、母さんはもういない。


『母さんもいないのに、チークブラシなんて持ってても、使い道がない。でも、捨てるに捨てられないでいた時、ふと思い付いた。また、あんな風に誰《だれ》かに幸せな魔法をかけてみたい。母さんにできなかった分、このブラシで他の誰かに。そうしたら、母さんも喜んでくれるかもしれない』

自分の手のひらを見下ろした莇は、ふいにその手を振《ふ》り払《はら》った。

『メイクのプロになりたいと思い始めた俺の気持ちとは裏腹に、親父は俺に対して立派な跡目《あとめ》として期待をかけるようになった。母さんに恥《は》じない立派な跡目に……会長の息子《むすこ》としての自覚を持て……かけられるのはそんな言葉ばっかりだ』

莇は両手で自分の顔を覆《おお》う。

『メイクアップアーティストなんて、こんな家に生まれた俺が目指していいような夢じゃない。でも、諦《あきら》めきれない。自分でもどうしたいのかわからないでいた時に、親父にメイク道具を壊《こわ》されて、溜《た》めてたものが爆発《ばくはつ》した』

　葯が手を下ろし、覆われていた顔があらわになる。怒《いか》りと悲しみと絶望とがないまぜになったような表情が、観《み》ている者の心を摑《つか》む。

『壊されてみて初めて、俺にとってメイクアップアーティストの夢がどれだけ大事なものだったかわかった。それから成り行きで劇団に入って、劇団の奴《やつ》らと接して、色んな経験させてもらううちに、自分の本当の気持ちに気づいたんだ』

　葯はそこで真顔に戻《もど》ると、泉田《いずみだ》をまっすぐに見据《みす》えた。

『俺は、夢も家もどっちも捨てられない。俺にとっては、二つとも同じくらい大事なものだから――』

　泉田もじっと葯を見つめる。

　葯はセリフを止めて一呼吸置くと、泉田に語りかけた。

「親父、悪い。俺は夢を諦めたくねぇ。だから跡目は継《つ》げねぇ。でも、親父と銀泉会から逃《に》げたいとか、離《はな》れたいわけじゃねぇ。自分を育ててくれた銀泉会の奴らも、この家のことも好きだ」

「……どっちも、たぁ、虫のいい話だな」

　泉田の低い声には怒りも嘲《あざけ》りも含《ふく》まれていなかった。

「わかってる。でも、俺はどんなに親父に言われても、自分の夢は捨てられねぇ。ただ、それでも、俺は親父の息子だ。息子として、親父のため、銀泉会のためにできることならなんでもする」

真剣《しんけん》な表情で莇が言《い》い募《つの》ると、泉田が黙《だま》り込《こ》んだ。

「銀泉会の奴らみんな、あざみのことが大好きなんだ！　あざみが跡目じゃなくても、それは変わらねぇよ！」

「莇と同じく夢を追いながらにはなりますが、俺も精一杯《せいいっぱい》、今まで以上に銀泉会に尽《つ》くします。だから会長、こいつの夢を認めてやってはくれませんか」

迫田《さこだ》と左京《さきょう》が頼《たの》み込《こ》むと、泉田がふっと口元をゆがめて笑った。

「……どいつもこいつも、よってたかって人を極悪人《ごくあくにん》みてぇに。子どもの夢を、応援《おうえん》したくねぇ親がいるかよ」

「……え？」

ぽつりとつぶやくように告げられた言葉を聞いて、莇が目を見開く。

「莇の夢は、跡目の重圧から逃げるための言い訳だと思ってた。そんな昔から、そこまで本気で目指してたなんて全然知らなかった。しかし、夢も家も、どっちも捨てたくねぇだと？　そんな甘《あめ》ぇもんじゃゃねぇだろうよ」

泉田が鋭《するど》い目つきで莇を睨《にら》み付《つ》ける。

「だとしても、俺は――」

莇が言い募ろうとするのを、泉田はにやりと笑ってさえぎった。

「どうせやるなら、なりふり構わず必死に勉強して、そのメイクアップなんたらの頂点目指せ。家のことなんて気にすんな。お前がいなくても俺一人でどうとでもならぁ」

「親父……」

泉田がちらりと迫田の方へと視線を向ける。

「……それに、うちには意外と骨のある奴もいることだしな。跡目についても心配いらねぇだろ。なぁ、迫田」

「へ、へい？」

意味ありげな泉田の言葉に、迫田は間《ま》の抜《ぬ》けた返事をする。

(会長さん……莇くんの夢のこと認めてくれたんだ……)

泉田の表情は柔《やわ》らかく、莇を見る視線からも険《けわ》しさは消えている。

「わかったら、さっさと帰って稽古《けいこ》でもしろ。次の公演が近《ちけ》ぇんだろ。半端《はんぱ》なもん見せたら、許さねぇぞ」

泉田はそこまで言うと、奥《おく》の部屋へ目をやった。

「……小百合《さゆり》には、俺から報告しとく。お前が跡目としてじゃなく、一人の男として立派に育ってるってな」

「……ありがとう、親父」

莇が泉田の気持ちを受け取ってうなずく。その目からは固い決意が見て取れた。

（これで、莇くんは迷いなく夢に向かって進んでいける。本当に良かった……）

いづみが心から安堵《あんど》していると、泉田がいづみに向き直った。

「監督《かんとく》さん」

「は、はい！」

「よろしくご指導のほど、頼《たの》んます」

「――はい！　任せてください！」

泉田に頭を下げられて、いづみも慌《あわ》ててお辞儀《じぎ》をした。


劇場での場当たり中、迫田が両手に大量の袋《ふくろ》を抱《かか》えてやってきた。

「おはようございやーす！　会長から差し入れっす！」

「すげぇ。高級料亭《りょうてい》の仕出し弁当じゃん」

「さすが会長ッス！」

袋の中身を覗《のぞ》き込《こ》んだ万里《ばんり》と太一《たいち》が歓声《かんせい》をあげる。

「有名な和菓子《わがし》屋のあんみつもあるぞ」

「っす」

臣《おみ》が別の袋を覗いていると、すかさず十座《じゅうざ》が吸い寄せられていく。

「お前ら、それは後にしろ！」

わらわらと差し入れに群《むら》がるメンバーに、左京の喝《かつ》が飛ぶ。

「まあまあ、せっかくだから、ちょっと休憩《きゅうけい》にしましょう」

いづみは時計を確認《かくにん》しながら、そう提案すると、いそいそと仕出し弁当に近づいた。

早速《さっそく》、秋組《あきぐみ》メンバーと輪になって広げた弁当は、高級料亭の名に恥じぬ味だった。

「美味《おい》しい！」

「会長様様《さまさま》だな」

いづみに続いて万里も唸《うな》る。

「だしの味が利《き》いてるな……昆布《こんぶ》……いやそれだけじゃないいな」

「……もぐもぐ」

味の研究に余念がない臣の隣《となり》で、十座はあんみつに手を付けていた。

「先にあんみつ食うのかよ」

莇がわずかに目をむきながら突《つ》っ込《こ》む。

「迫田さん、会長さんにお礼言っといてくださいね」

「っす！」

迫田はいづみに向かってにかっと笑った。

「会長の様子どうだ？」

左京がたずねると、迫田は待ってましたとばかりに口を開いた。

「いやー、あざみが家出してる間はずっとピリピリしてたのに、最近すーっかり丸くなっちゃって……。公演もすげー楽しみにしてて、カレンダーに毎日バッテン書いてやす」

「親バカだな……ったく」

左京の表情が和《やわ》らぐ。

「まあでも、昔に比べても丸くなったよな。会長に楯突《たてつ》いておとがめなしなんて、昔なら考えられねぇ。お前も会長にあんなタンカ切りやがって、絶対一カ月は入院するかと思ったが……」

「へへ、命拾いしやした」

迫田が悪びれない様子で頭を掻《か》く。

「ったく、生意気になりやがって」

「アニキに似たんすかね」

「調子に乗るな」

左京は眉《まゆ》を顰《ひそ》めて釘《くぎ》を刺《さ》しつつも、ふと何かを懐《なつ》かしむように目を細めた。

「……ま、似ててもおかしかねぇがな。俺とお前はお互《たが》い同じように拾われた身だ」

「……へい。あの頃、荒《あ》れてどうしようもなかったおれを拾ってもらって、アニキには感謝してもしきれねぇっす」

「ぼろ雑巾《ぞうきん》みたいになってゴミ捨て場に捨てられてたお前に、なんで声なんてかけちまったのか。おかげで面倒《めんどう》くせぇことに……」

「そんな、ひでぇっすよ、アニキー！」

情けない顔をしている迫田を左京がじっと見つめる。

「……まさか、あの粗大《そだい》ゴミが末は銀泉会の未来背負《しょ》って立《た》つかもしれねぇとはな……」

「粗大ゴミっすか？　家の粗大ゴミはちゃんと会長に言われて金曜日に捨てたっすよ！」

「……はぁ。会長さん。大丈夫《だいじょうぶ》か、こんなんで」

迫田が頓珍漢《とんちんかん》な答えを返すと、左京はあきれたように首を横に振《ふ》った。

泉田の許可を得てから秋組の稽古は大詰《おおづ》めを迎《むか》えた。日々入念に細部をブラッシュアップしていく。

吹《ふ》っ切《き》れた莇の調子はどんどん上がり、それに呼応《こおう》するように秋組全体の芝居《しばい》も熱が入る。

そして、いよいよ公演初日を迎えた。

いづみは公演前の雑務の合間に、楽屋に顔を出した。

（……莇くんはあんまり緊張《きんちょう》しない性質みたいだから、心配いらないかな）

着替《きが》えを終えた莇は、いつもの様子で、鏡前《かがみまえ》でくつろいでいる。

「緊張してねぇか？」

「全然」

万里の問いかけに、なんてことないように首を横に振る。

「準備は？」

「完璧《かんぺき》」

十座の質問にも端的《たんてき》に答えたが、左京が莇の頭を示した。

「お前、頭にクリップつけたままだぞ」

はっとしたように、慌ててメイクの時につけたヘアクリップを取る。

「俺っちの顔にもパックつけたままッス！」

「あ、わり……」

太一が顔面真っ白の状態で訴《うった》えると、莇は再びはっとしたように太一の鏡前に向かった。

「おいおい、大丈夫か」

（すごく心配だ……！）

いづみはあきれ混じりの万里の言葉に、全面的に同意した。

と、楽屋のドアが開いた。

「おじゃましまーす！」

「お疲《つか》れ」

「おつピコー！」

三角《みすみ》、幸《ゆき》、一成《かずなり》に続いて夏組《なつぐみ》メンバーがガヤガヤと流《なが》れ込《こ》んでくる。

「差し入れ持ってきたよ。はい、クッキー」

椋《むく》が菓子《かし》店の紙袋《かみぶくろ》を差し出すと、近くにいた臣と太一が受け取った。

「美味《おい》しそうだな」

「ありがとうッス！」

十座はさっそく袋を開けて一枚つまむ。

「……もぐもぐ」

「莇は緊張してないか？」

天馬《てんま》が莇に向かってたずねる。

「全然」

「色々やらかしといて、何ふいてんだよ」

さっきと同じ調子で平然と答える莇に、万里が突っ込む。

「九門《くもん》、一足先に座長やった先輩《せんぱい》として、一言アドバイスしてやったら？」

幸に促《うなが》された九門が、首をひねった。

「アドバイス？　うーんと、うーんと……ビビらないで、莇らしくゴーだ！」

「なんだそれ。ビビりまくってたお前に言われたくねー」

「たしかに」

夏組公演の時の九門の様子を知る莇が言い返すと、天馬が短く笑った。

開演間近になると、秋組メンバーが舞台袖《ぶたいそで》に移動した。

開演直前、それも公演初日ともなると、舞台裏《うら》は独特の緊張感と熱気に包まれる。

じっと、まだ誰もいない舞台を見つめる莇の肩《かた》を、万里が軽く叩《たた》いた。

「初日にあたって、座長から一言よろしく」

振《ふ》り返《かえ》った莇が、ぽかんとした表情を浮《う》かべる。

「は？　何それ」

「座長がやるのが恒例《こうれい》なんだ」

「円陣《えんじん》のかけ声《ごえ》もな」

「気合い入るやつよろしくッス！」

臣、十座、太一が励《はげ》ますように説明する。

莇は少し考えた後、秋組メンバーの顔を見回した。

「んじゃ、とりあえず新人の俺に秋組ファン全員かっさらわれないように、気合い入れろよな」

まったく緊張した様子もなく、平然と言い放つ。メンバー内で最年少とは思えないくらい堂々とした態度だった。

「ったく、つくづく生意気な奴だ」

「大物だな」

「……まさか、これも俺似《に》じゃねぇよな」

万里と臣が軽く笑えば、左京がぼそりとつぶやく。

莇はすうっと大きく息を吸った。

「――秋組、行くぜ！」

「おう！」

「おおー！」

莇のかけ声に、十座と太一の声が重なる。

途端《とたん》、開演ブザーが鳴った。

第8章 DEAD/UNDEAD

人を食《く》らうアンデッドが蔓延《はびこ》り、人間を淘汰《とうた》しようとする世界。崩《くず》れ落《お》ちたコンクリートが転がる荒廃《こうはい》した景色の中、アンデッドたちが二人の兄弟を囲む。

『ぐがああ！』

『うがああ！』

『――っ』

弟のロイがひときわ動きの速い赤目のアンデッドの攻撃《こうげき》を受けて倒《たお》れる。

『ロイ！』

兄のイヴァンが駆《か》け寄《よ》ろうとするが、アンデッドたちの数が多すぎて近づけない。

『へへ、兄ちゃん、へましちゃったよ……オレ、もうだめかも』

ロイの顔がどんどん青ざめ、弱々しくなっていく。

『馬鹿野郎《ばかやろう》！　何諦《あきら》めてんだよ！』

『兄ちゃんだけは、逃《に》げて……』

がくりとロイの首が折れる。

『――っ』

イヴァンが声を失った次の瞬間《しゅんかん》、ロイが異様な速さで起き上がった。

『ぐあぁ！』

『ロイ!!』

正気を失ったロイが雄叫《おたけ》びをあげる。その目は深紅《しんく》に染まっていた。

その異様な変化に観客の多くが息を呑《の》んだ。

冒頭《ぼうとう》は万里《ばんり》演じるイヴァンが弟を失った回想シーンから始まる。太一《たいち》の演技でアンデッドの恐怖《きょうふ》を観客に植え付けるという摑《つか》みは確実に効果を出していた。

『あれから三年……俺《おれ》はロイを殺した赤目《あかめ》のアンデッドを殺すために、一人でハンターを続けていた』

イヴァンのモノローグの途中《とちゅう》で、アンデッドが群《むら》がり始める。

『へへ……うまそうなのが入ってきたな』

『心臓はオレがもらうぜ』

『俺は頭だ！』

『赤目につられてこんな巣まで入《はい》り込《こ》むとは、俺もやきが回ったな……三年ぶりに会えるかもな、ロイ』

アンデッドの数の多さを確認《かくにん》したイヴァンが自嘲《じちょう》気味に笑う。

『おらあ！』

アンデッドたちが一斉《いっせい》にイヴァンに飛《と》びかかった。

銃《じゅう》で応戦するが、仕留めきれない。

『――！』

一人、二人とイヴァンの銃弾《じゅうだん》からすり抜《ぬ》けたアンデッドがイヴァンに牙《きば》をむく。

『ぐ――っ』

退《ひ》こうとしたイヴァンの背中を一人のアンデッドが爪《つめ》で切《き》り裂《さ》いた。そのまま地面に押《お》さえ付《つ》ける。

頭をしたたかに打ち付けたイヴァンが気を失う。

『ひゃははは！　いただきまー……す？』

アンデッドが喜色満面《きしょくまんめん》で口を開けた時、目の前に影《かげ》が落ちた。

同じ異形《いぎょう》のアベルが、無表情でアンデッドの頭を鷲摑《わしづか》みにした。

『ぐああ！』

苦悶《くもん》の声をあげて、アンデッドの頭が砕《くだ》かれる。

暗転の後、寝《ね》かされていたイヴァンが意識を取《と》り戻《もど》した。

『ん……』

少し離《はな》れたところに座《すわ》っていたアベルが、ちらりとイヴァンを見やる。

『ロイ……？』

ぼんやりとしていたイヴァンの目が見開かれ、飛び起きる。

『——アンデッドか！』

とっさに銃を構えたイヴァンを、アベルが冷静に見つめていた。

『動くな』

アベルが言うまでもなく、イヴァンは痛みにうめきながらうずくまる。

『くそ、てめぇが今日の賞品獲得者《かくとくしゃ》ってところか。あんまり常温で放《ほう》っとくと腐《くさ》って食えなくなるぞ』

イヴァンがアベルを睨《にら》み付《つ》けながら憎《にく》まれ口《ぐち》を叩《たた》くと、アベルは無表情のままイヴァンを見返した。

『お前みたいなまずそうなもの、食う趣味《しゅみ》はない』

『……何？』

『それより、人間の情報が欲《ほ》しい。俺と組まないか』

『どういう意味だ』

明らかに他のアンデッドとは様子の違《ちが》うアベルを、イヴァンがいぶかしげにじろじろ眺《なが》める。

『俺はアンデッドと人間について調べてる。アンデッドとは何か、どうして人間がアンデッドになるか』

『どうしてって……そりゃ、アンデッドが傷口を通して感染《かんせん》するウイルスを持ってるからだろ。そいつに侵《おか》されたらそれまでの記憶《きおく》を失い、人間を捕食《ほしょく》する、理性のないアンデッドとして生きるしかなくなる』

『それを防ぐ方法は？』

アベルが淡々《たんたん》とたずねると、イヴァンが悔《くや》しそうに歯噛《はが》みする。

『そんなもんがあったら、こんなクソみたいな状況《じょうきょう》にはなってない』

アベルは何も言わずに、視線をそらした。

『まさか、あるのか？』

『……それを調べてる』

イヴァンはまじまじとアベルを見つめると、小さく鼻を鳴らした。

『……ふん、いいだろう。どうせ、一度死んだ身だ。借りを作ったままは性《しょう》に合《あ》わねえ』

ゆっくりと起き上がると、アベルに向かって手を差し出す。

『俺はイヴァンだ』

『……行くぞ』

アベルはイヴァンの手を握《にぎ》り返すことなく、踵《きびす》を返《かえ》して歩きだした。

『おい、お前の名前は』

『アベル』

一瞥《いちべつ》もせず、表情も一切《いっさい》変えることなく答える。

『……ったく、辛気臭《しんきくさ》い野郎だぜ』

イヴァンは肩《かた》をすくめながら、アベルの後を追った。

客席のいづみは、万里と莇《あざみ》のかけ合いを満足げに見つめていた。

莇の芝居《しばい》は自然体で、アドリブも入れられてる。初舞台《はつぶたい》でこれなら十分の出来だろう。

万里も準主役として前に出すぎず、うまく莇をサポートしていて、いづみとしては頼《たの》もしく思った。

人間のイヴァンと、半分が人間、半分がアンデッドの体を持つアベルは、二人で組んでアンデッド狩《が》りを始める。アベルのアンデッドに関する情報のおかげもあって、順調に賞金首《しょうきんくび》を狩っていった二人は、次のターゲットを決めるべく、情報屋ドギーの元へ向かった。

『ドギー、土産《みやげ》だ』

イヴァンがカウンターの上に戦利品を放り投げると、ドギーが眉《まゆ》を上げる。

『毎度ご苦労なこった。言っとくが、まけねぇぞ』

『ちっ、ケチな野郎だ』

『……ドギー？』

フードで顔を隠《かく》したアベルが、ガタイが良く、目つきの悪いドギーの姿を凝視《ぎょうし》する。イヴァンがその意味を察して、にやりと笑った。

『似合わねぇだろ。路地裏のドギーみたいだってさ、昔は小さくて可愛《かわい》かったんだぜ』

『黙《だま》れ。情報やらねぇぞ』

『なんかあるのか』

イヴァンがカウンターに寄りかかると、ドギーが顔を寄せた。

『朗報だ。レッドの目撃《もくげき》情報が入った』

イヴァンの目が見開かれる。

『今度のは生存者がいる。間違《まちが》いない』

『どこだ！　どこにいる⁉』

イヴァンが身を乗り出すと、ドギーが身を引く。

『そう焦《あせ》るな』

ドギーはそうなだめながらも、イヴァンの弟の仇《かたき》であるレッドの居場所を告げた。

『今回のは付き合う必要ないぞ。俺の私情《しじょう》だ』

ドギーの店を出たイヴァンが低く告げると、アベルからの返事はなかった。

『……って、もういねぇか。相変わらず気配のねぇ奴《やっ》』

周囲を見回したイヴァンが肩をすくめた時、アベルが音もなくイヴァンの背後に立つ。

『ここにいる』

『うわ⁉　暗闇《くらやみ》から突然《とつぜん》出てくんな。お前の顔は怖《こえ》ぇんだよ』

飛び上がったイヴァンが悪態をつくと、アベルが小さく鼻を鳴らした。

『今回もついていく。貴重な隠《かく》れ蓑《みの》だからな。壊《こわ》れたら困る』

『……勝手にしろ』

無表情で言い放つアベルの顔をイヴァンはちらりと見やると、歩きだした。

『しかし、無愛想《ぶあいそう》な奴だな。俺の弟を見習った方がいいぜ。くるくる表情が変わる奴でな』

イヴァンの言葉を聞いて、アベルがくるくると表情を変え始める。その表情はあまりにも極端《きょくたん》で、壊れたおもちゃのように異様だった。

『……やっぱやめろ、飯がまずくなる』

げんなりした顔をするイヴァンに、アベルがたずねる。

『弟はどうしてる』

『……死んだ。レッドは弟の仇だ』

イヴァンの声は淡々としていたが、隠しきれない悲しみが伝わってくる。

『……そうか』

『だから言っただろ。私情だって。降りるんなら、まだ――』

『問題ない』

アベルは相変わらず表情を変えることなく、イヴァンの言葉をさえぎった。

『物好きな奴だ』

イヴァンの声には親しみが込《こ》められていた。

次の瞬間、場違《ばちが》いに明るい声がその場に響《ひび》く。

『……うまそうなのみーっけ』

『ロイ……?』

目の前に現れたロイの姿を、イヴァンが凝視する。

『生きてたのか、ロイ――！』

ふらふらとロイに近づいていこうとするイヴァンを、アベルが止める。

『目を覚ませ。あれはもう向こう側だ』

イヴァンが一瞬《いっしゅん》動きを止めた瞬間、ロイの鋭く長い爪がイヴァンの顔をかすめた。

『食わせろ！』

『――ロイ！』

イヴァンはロイの攻撃を避《さ》けながらも、正気に戻《もど》そうと呼びかける。

防戦一方のイヴァンに代わり、アベルがロイの腹部に向かってまわし蹴《げ》りを繰《く》り出《だ》した。

『――は！』

『――ぐっ』

ロイの体が吹《ふ》っ飛《と》ぶ。

『ロイ！』

『お前がやれないなら、俺がやる。こいつはもうお前の弟じゃない』

ロイに駆《か》け寄《よ》ろうとするイヴァンの前に、アベルが立ちふさがる。

イヴァンははっとしたように動きを止めた。

いづみは太一の、冒頭の正気の時の芝居《しばい》とアンデッドの時の落差に舌を巻いた。太一の芝居のおかげで人間がアンデッド化する悲劇性がより伝わる。ゾンビラン・ナイトの成果もあるのか、旗揚《はたあ》げ公演から着実に演技がレベルアップしているのを感じた。

『どけ、弟の始末は俺がつける』

目に力が戻ったイヴァンが、アベルを押しのけて前に出る。

理性を失い、かつての弟の面影《おもかげ》のないロイを前に、イヴァンの表情が複雑に揺《ゆ》れる。

『ぐがあぁ！』

やみくもに襲《おそ》いかかってくるロイに向けて、イヴァンは銃口《じゅうこう》を向けた。

『……そろそろ休めよ、ロイ。そのうち俺も行くから、待ってろ』

弟を慈《いつく》しむ兄の顔で、イヴァンが引き金を引く。

『ぐ、ああ……！』

銃弾を受け、倒れ伏《ふ》すロイの傍《かたわ》らにイヴァンが膝《ひざ》をついた。

『あとは処理班に任せた方がいい』

『……わかってる』

アベルが労《いた》わるように声をかけると、イヴァンはうつむいたまま、小さく応えた。

そうしてロイを討《う》ったイヴァンは、ついにロイの仇であるレッドと再会する。

『てめぇだけは許さねぇ……許さねぇぞ、赤目!!』

『よく吠《ほ》えるエサだ』

イヴァンの銃弾をレッドが素早《すばや》く避《よ》け、あっという間に目の前から消える。

『速《はえ》ぇ――』

『イヴァン！』

息を呑んだイヴァンに向けてアベルの鋭《するど》い声が飛んだ。

はっと振《ふ》り返《かえ》った時には、すぐ背後にレッドが迫《せま》っていた。

レッドの肘《ひじ》がイヴァンの背中を突《つ》く。

『ぐはっ』

レッドは間髪《かんはつ》入れずにイヴァンを蹴《け》り上げながら、アベルを見た。

『なんだ、お前？　エサ連れてピクニックか？　でも、便利そうだな。オレも真似《まね》させてもらうか』

『ぐ――っ』

銃を取り落として、地面に倒れたイヴァンの頭を踏《ふ》み付《つ》ける。

『箱に詰《つ》めて、冷凍《れいとう》保存すりゃ、いつまでも腐らないだろ？』

『ぐああ！』

笑いながらイヴァンの頭を蹴り上げたレッドに、アベルが飛びかかる。

『はあ！』

『――っと』

アベルの攻撃を軽くいなして、跳《は》ね返《かえ》すレッドの表情は余裕《よゆう》そのものだ。

『アベル！』

イヴァンが援護《えんご》しようと銃に手を伸《の》ばすが、すぐに蹴り飛ばされてしまう。レッドの攻撃は素早く、どこまでも冷静で的確だ。

公演を重ねるごとに習熟していく臣《おみ》の悪役ぶりが、今回も炸裂《さくれつ》していた。アクションも派手なため、余計に威圧感《いあつかん》が増している。

『これだけうるさいと、持ち運びにも苦労するだろ。オレがしめといてやるよ』

レッドがそう言ってイヴァンの首を摑み、締め上げだす。

『はああ！』

アベルが渾身《こんしん》の力でレッドの頭に両手の拳《こぶし》を打ち付けると、首を斜《なな》めに傾《かたむ》けたレッドがアベルの腕《うで》を摑んだ。

『く――っ』

もみ合ううちに、アベルの鋼鉄の腕があらわになる。

『お前、その腕――？』

一瞬、レッドがアベルの腕に気を取られた瞬間、アベルがイヴァンの方を見た。

『イヴァン！』

『ああ！』

レッドの足元から転がり出たイヴァンが銃を掴む。

『はああ！』

わずかに遅れて伸びてきたレッドの手を蹴り上げて、レッドの顔面に二発の銃弾を撃《う》ち込《こ》んだ。

『ぐ――っ』

顔を押さえて、レッドが膝をつく。

『くっ……』

血まみれのレッドの髪《かみ》をイヴァンが掴んで、顔を上げさせる。

『……三年前にお前が殺した茶髪《ちゃぱつ》の男のこと覚えてるか』

『……知らないな』

『だろうな。死ね』

イヴァンの放った一発が、レッドの眉間《みけん》を正確に撃《う》ち抜《ぬ》く。

普通《ふつう》の人間なら即死《そくし》だが、アンデッドの体は驚異《きょうい》の耐久力《たいきゅうりょく》を持っていた。地面にうずくまりながらも、苦しげな呼吸を繰《く》り返《かえ》す。

『……——おい、半端者《はんぱもの》』

やがて、レッドは呼吸の合間に、血に染まった顔面をアベルの方へ向けた。

『お前みたいななりそこないの話を聞いたことがあるぞ』

『何？』

『どこで聞いた？』

イヴァンがレッドの首元を掴むが、レッドの息はすでに弱々しい。

『……セントラルの……』

『おい！』

『ビルに……』

アベルが息を呑む。

それきりレッドの体は一切の力を失った。

『おい！　起きろ！』

イヴァンが揺するが、一切反応がない。

『ちっ……』

舌打ちをするイヴァンの横で、アベルが呆然《ぼうぜん》とした表情を浮《う》かべていた。

『ビル……』

『セントラルとか言ってたな。あそこはずいぶん前からアンデッドの巣になってるらしいが……』

イヴァンがつぶやくも、アベルはじっと何か考え込むように一点を見つめていた。

『おい？　どうした？　大丈夫《だいじょうぶ》か？』

『……なんでもない』

首を横に振《ふ》るアベルの顔を、イヴァンが覗《のぞ》き込《こ》む。

『なんでもないわけあるか。ただでさえ気色悪い顔がもっと気色悪くなってんぞ』

イヴァンの軽口にアベルが無言で応える。その乏《とぼ》しい表情の変化から、アベルの感情を悟《さと》ってイヴァンは肩をすくめてみせた。

『怒《おこ》るな。見たままを言っただけだ。ビルって誰《だれ》だ。知り合いか？』

『……母親の仇、俺の父親だった奴だ』

アベルがためらいながら答えると、イヴァンがはっとした表情を浮かべた後、アベルを気遣《きづか》うような表情に変わる。

万里も萠も、イヴァンとアベルの関係性の変化を繊細《せんさい》に表現していた。警戒《けいかい》し合っていた最初の頃《ころ》とは確実に変化させて、お互《たが》いの感情を吐露《とろ》し、わかり合う様子が伝わってくる。

『行こうぜ。そいつに会えば、お前の用事は一気に片づく』

イヴァンがアベルの肩を叩いて促《うなが》すと、アベルは首を横に振る。

『お前がついてくる必要はない』

『ここまで勝手についてきた奴がよく言うぜ』

笑って離れていく気配のないイヴァンを、アベルはそれ以上突《つ》き放《はな》すことなく歩きだした。

『……物好きな奴』

『お互いさまだ』

イヴァンが笑みを浮かべて、アベルの隣《となり》に並ぶ。

信頼《しんらい》関係を深めたイヴァンとアベルは、アベルの仇敵《きゅうてき》である父の元へと向かう。

『ああ？　なんだ。変なもんが紛《まぎ》れ込《こ》んでるなぁ？』

悠然《ゆうぜん》と二人の前に現れたビルは、他のアンデッドとは一味違う雰囲気《ふんいき》をまとっていた。

威圧感が伝わってくる。

『父さん……』

『歓迎《かんげい》してやるよ。おら、エサだぞ』

アベルの複雑な表情をまったく意にも介《かい》さず、犬をけしかける。

『ぐがぁ！』

『なんだ、こいつら――犬のアンデッド？』

素早い動きで飛びかかってくる犬たちは、明らかに理性を失ったアンデッドと同じ目をしていた。

『人間どもがうるさいからな。こっちも生き残るために色々と考えてんだよ』

犬たちを蹴散《けち》らすアベルとイヴァンの姿を眺めながら、ビルが口元をゆがめて笑う。

『そうか。なりそこないっていうのは、このことか……』

レッドが言っていたのは、ビルが作り上げたアンデッド犬のことだったのだとアベルが悟る。

『アベル――』

イヴァンが気づかわしげに声をかけるが、アベルはビルを睨み付けた。

『だったら、あんたは用なしだ――』

一気に跳躍《ちょうやく》して犬たちを飛《と》び越《こ》えると、ビルに殴《なぐ》りかかる。

『──くっ』

ビルはすんでのところで攻撃を避け、後退する。アベルは矢継《やつ》ぎ早《ばや》に蹴りを繰り出し追《お》い詰《つ》めていく。

『アベル、下がれ！』

ビルが壁際《かべぎわ》に手を這《は》わせるのを見て、イヴァンが声をあげた。

アベルが飛《と》び退《しさ》った瞬間、横からアンデッド犬が飛び出してきた。そのまま立っていたら、首を噛《か》み切《き》られていたに違いない。

『惜《お》しいな。エサのくせに、頭が回る』

『罠《わな》か──』

ビルがにやりと笑うと、アベルは警戒するように辺りを見回す。

代わって、イヴァンが猛然《もうぜん》と駆《か》けだした。

『はあ！』

犬たちを蹴散らしながら、ビルに銃口を向ける。

『──』

ビルの頬《ほお》を、イヴァンの銃弾がかすめた。

『イヴァン、そいつは俺の獲物《えもの》だ』

アベルが牽制《けんせい》するように言って、前に出る。

『調子出てきたみたいだな。でも、俺も借りを返さなきゃならねぇからな——！』

イヴァンは口元で笑うと、再びビルを狙《ねら》い撃《う》った。

『ちっ』

『はああ！』

舌打ちしながら銃弾を避けるビルの頭を、アベルが殴り付ける。

『く——』

うめき声をあげながらよろけたビルの脳天を、渾身の力で叩《たた》き潰《つぶ》す。鈍《にぶ》い音と共にビルの体が崩れ落ちた。

アベルは仰向《あおむ》けに倒れて動かなくなったビルの姿を、じっと見下ろした。

『大丈夫か？』

イヴァンがアベルの肩を軽く叩く。

『……ああ。後は処理班に任せよう』

アベルはゆるく首を横に振ると、ビルから目をそらした。

『ん？　おい、こいつ、首の後ろにチップが埋《う》め込《こ》まれてるぞ』

イヴァンが膝をついて、ビルの首筋に手を当てる。

『チップ……？』

『元々あったのか？』

チップを引きはがしたイヴァンがたずねると、アベルは困惑《こんわく》した表情で首を横に振る。

『いや、父さんはこんなもの――』

『再生してみようぜ』

イヴァンがそう言いながら手元の装置にチップを挿入《そうにゆう》すると、ビルのホログラムが浮《う》かび上《あ》がってきた。

『……わが最愛の妻サーシャと息子《むすこ》アベルへ』

別人のように穏《おだ》やかなビルが語りかけてきて、アベルが目を見開く。

『どうか、これが無事にお前たちの元へ届きますように……』

切羽《せっぱ》詰まった表情でホログラムのビルが続ける。

『父さん……？』

『近づくな、また罠《わな》かも――』

ふらふらとホログラムに近づくアベルを、イヴァンが止める。

『もう、時間がない……このままでは、俺はお前たちを……それだけは、絶対に避けなくては……』

『父さん、父さん――――！』

追い詰められた様子で頭を抱《かか》えるビルを抱《だ》き締《し》めようとアベルが手を伸ばす。けれどホログラムがわずかにゆがんだだけで、アベルの手は空《くう》を摑《つか》む。

『……アベル、すまない……俺は、またお前を守れなかったな……』

ビルの目が、かつてのアベルを見つめる。

『あの時も……俺たちがもっと、気を付けていれば……事故なんかに遭《あ》わずに済んだ……そんな体にならずに……』

労《いた》わりと愛情がこもったビルのまなざしとアベルの視線が交差しそうですれ違《ちが》う。

『アベル……サーシャ、どうか……俺の分まで生きろ……』

『父さん――――！』

アベルが必死で空を搔《か》き抱《いだ》いた瞬間、ホログラムは消え去った。

『うわあああ！』

悲痛な叫《さけ》びをあげて、アベルが父の亡骸《なきがら》の横に膝をつく。

左京の二面性の演技は圧巻だった。同一人物だとは思えないくらいに、残酷《ざんこく》なアンデッドと愛情あふれる父の姿を演じ分けていた。

うなだれるアベルに、イヴァンがそっと声をかける。

『事故って言ってたな、親父《おやじ》さん』

『俺の体は半分アンドロイドだ。だから、アンデッドにならずに済んだ。人間でも、アンデッドですらない』

ゆっくりと顔を上げ、自嘲《じちょう》するように告げるアベルを、イヴァンがじっと見つめる。

『なりそこないだ』

アベルの表情は絶望に沈《しず》んでいた。

アベルがずっと探していたのは、人間に戻る方法だ。アベルがアンデッドにならなかった理由がわかれば、その方法にたどり着けると思っていた。

しかし、アベルがアンデッドにならずに済んだのは機械の体のおかげで、完全にイレギュラーだった。機械の体を人間の体に戻すことはできない。

つまりどこまでいっても、完全な人間になる方法などないということだ。

『関係ねぇよ。お前はアベルだろ。俺の陰気《いんき》な相棒だ』

イヴァンが軽い調子でアベルの肩を叩くと、アベルがわずかに気を取り直した様子で手を振《ふ》り払《はら》う。

『一言余計だ』

『……お前の親父はぎりぎりまで正気を保ってたってことだよな。アンデッドでも元に戻る可能性があるってことか？』

『……わからない。でも、もう中身が違う。人間のようには生きられない。人を食うことでしか生きながらえられない』

アベルがビルの亡骸をじっと見下ろす。

『人として生きるなら、あいつらを根絶《ねだ》やしにするまで、終わらない』

『……そうだな』

イヴァンはアベルと同じようにビルを見つめてうなずくと、アベルの横顔に視線を移した。

『お前はどうするんだ？　人として生きるのか、アンデッドとして生きるのか』

アベルは少し考えた後、顔を上げた。その目には、わずかな光が灯《とも》っている。

『……俺は、アベルだ。マヌケなイヴァンの相棒だろ』

人間味あふれる表情でにやりと笑ったアベルに、イヴァンが笑い返す。

『一言余計だ』

『俺は、アベルとして生きる』

宣言するように告げたアベルの肩を、イヴァンが軽く小突《こづ》く。

『だったらやるこた一つだな』

瞬間、周囲からアンデッドが現れる。

『ぐがあああ！』

『うがあああ！　食わせろ！』

『──皆殺《みなごろ》しだ！』

イヴァンが銃を構え、アベルが跳躍《ちょうやく》する。

十数人のアンデッドを相手に、大立ち回りで幕引きを迎《むか》えると、劇場が拍手《はくしゅ》に包まれた。

舞台袖《ぶたいそで》に駆《か》け込《こ》んだ莇が呼吸を整えていると、十座がその背中を叩く。

「──よし」

「いて──」

思った以上に力が強かったらしく、莇が顔をしかめる。

「最高ッス！」

「やったな」

続いて太一、臣が、背中を叩いた。

「いちいち叩くな！」

うっとうしそうな莇の頭を、今度は万里がぐりぐりと撫《な》でる。

「初舞台にしては上出来なんじゃね」

「当然だろ。つーか、だから、頭ぐりぐりすんな！」

葋は突っ込《こ》みながら手を振り払った。

「アドリブのかけ合いはまだまだだからな。もっと場の空気を読んで――」

「さっそく説教かよ」

左京の言葉を、葋が面倒《めんどう》そうにさえぎる。

「いいから、聞け――」

「ああ、うるせーうるせー」

途端《とたん》にもめだす二人に、いづみが声をかけた。

「ほらみんな！　カーテンコール！」

再び幕が上がって、光に包まれた舞台の中央を指す。

葋ははっとしたように舞台へ駆けだし、左京も舌打ちをしてそれを追った。

（あんなに舞台では息がぴったりだったのに。仲直りしても、二人は相変わらずだな……）

光の中、拍手《はくしゅ》の雨を全身に浴びる二人を見つめながら、いづみは目を細めた。

第9章
古市組見参

公演日程も折り返しを迎《むか》え、その日のソワレも喝采《かっさい》の中、幕を下ろした。

満足げな観客の反応を見ていたいづみも内心ほっとする。

(よし、今日も大成功だ。みんな、初日から順調に良くなってるな。莇《あざみ》くんも慣れてきたのか、舞台《ぶたい》の上でも自然だし、楽しんでるのが伝わってくる)

出演メンバーがカーテンコールに現れると、アフタートークが始まった。

「えーっと、今日のアフタートークのテーマは……『嫌《きら》いな食べ物』?」

莇がメモを読み上げると、左京《さきょう》が口を開く。

「お前はアレだろ。子どもの頃《ころ》、一口食べて泣いたやつ」

「はぁ!? 泣いてねーし」

声を荒《あら》らげる莇に、左京がにやりと笑う。

「吐《は》き出《だ》すこともできず、飲《の》み込《こ》むこともできず、すげぇ顔して泣きだしただろうが」

「うるせー! 勝手にばらすな!」

「すげぇな、何食ったらそうなるんだよ」

万里《ばんり》が感心したようにたずねる。

「酢《す》の物《もの》だ」

「酢の物……」

予想外の左京の答えを聞いて、臣《おみ》が思わず笑い混じりにつぶやく。

「そういえば、この間の夕飯でもこっそり残してたッス」

「言わなくていい！」

太一《たいち》がばらすと、慌《あわ》てて莇が太一の口をふさいだ。

「莇くん、かわいー！」

「かわいーとか言うな！」

顔を真っ赤にした莇が観客に嚙《か》み付《つ》き、笑いが起こる。

「てめーのせいだぞ、クソ左京！」

「本当のことだろうが」

小気味《こきみ》いいやり取りに、また客席が沸《わ》く。

「このコンビ本当面白《おもしろ》いよねー」

「毎回じゃれてる」

観客たちの楽しげな声が、いづみの耳にも聞こえてきた。

(左京さんと莇くんの口ゲンカもお約束としてファンに受け入れられてるし、なんだかんだ二人らしくていいのかも)

その日のアフタートークも観客たちの笑顔《えがお》に包まれて進んでいった。


ソワレ帰りの客で賑《にぎ》わうビロードウェイを、ガラの悪い学生が数人連れ立って歩いていた。

「……はー、くそつまんねー」

ひときわ大柄《おおがら》な学生は、以前莇に絡《から》んだ隣町《となりまち》のヤクザの息子《むすこ》だ。

「また車でどっか行きましょうよ!」

「泉田《いずみだ》莇ビビらせたの、すげー面白かったっす!」

「あー、あれな」

実際にはビビらされたの間違《まちが》いだったが、まんざらでもない様子で大柄な学生が顎《あご》を撫《な》でる。

「すっとしました！」

ゴマをする取り巻きに、大柄な学生は鼻を鳴らして答える。

「……あんなもんじゃ、足りねぇよ。恥《はじ》かかせやがって。ボコボコにしてやる」

そんな学生たちの横を、ＭＡＮＫＡＩ劇場から出てきた二十代らしき女子二人組が通り過ぎる。

「今日も楽しかったねー！」

「アフタートークの莇くん、すごい可愛《かわい》かった！」

「私、ブロマイド買い足しちゃった！」

「詳細《しようさい》プロフィールもついてたんだけど、莇くんって、苗字《みようじ》泉田、っていうんだね～」

「泉田……？」

楽しそうに話す二人の会話に、ぴくりと大柄な学生が反応する。

「おい、その写真見せろ！」

二人組の一人からブロマイドを引ったくると、まじまじと見つめた。

「こいつ……」

他の学生たちも、ブロマイドを覗《のぞ》き込《こ》んだ。

「これ、ＭＡＮＫＡＩカンパニーって書いてありますよ」

「あいつ劇団なんてやってたのかよ。うけるな」

「あ、あのー……？」

返してくれと女子二人組が声をかけるが、大柄な学生はまったく気づかない様子で口元をゆがめる。

「ヤクザの息子が役者かよ。俺《おれ》をコケにしたこと後悔《こうかい》させてやる。アイツの舞台、滅茶苦《めちゃく》茶《ちゃ》にしてやるよ……」

学生の目が鈍《にぶ》く光った。


お昼過ぎの談話室に、落ち着きなく立ったり座《すわ》ったりを繰《く》り返《かえ》す莇の姿があった。

「莇くん、どうしたの？」

いづみが見かねてたずねる。

「いや、まだ時間大丈夫《だいじょうぶ》かと思って」

「今日は千秋楽《せんしゅうらく》だけだから、まだゆっくりしてて大丈夫だよ」

とはいえ、千秋楽ともなると気持ちが落ち着かないのであろうことは、いづみにもわかる。

「……っす」

莇は短くうなずいて一度ソファに座ったものの、すぐに立ち上がった。

「なんかじっとしてても落ち着かねーから、ちょっとコンビニ行ってくる」

「いってらっしゃい」

いづみは笑いを嚙み殺しながら、莇を見送った。

（このところすっかり公演にも慣れたと思ったけど、やっぱり千秋楽ともなると緊張《きんちょう》するのかな。これまで、いい流れで公演を重ねてこられた分、最後は一番いい芝居《しばい》にしたいと思ってるのかも……）

いづみには、莇のその気持ちがうれしかった。

適当に流して終わるのではなく、最後まで責任を持ってやり遂《と》げようとしている。莇が芝居に対して真剣《しんけん》に向き合っている証拠《しょうこ》だ。

（どうかみんなが、今まで以上に最高の芝居をできますように……）

いづみが祈《いの》るような気持ちでいた時、左京が小さく迫田《さこだ》を呼んだ。

「迫田。坊《ぼん》についとけ」

「コンビニっすか？」

不思議そうな迫田に、左京が続ける。

「また車にひかれそうになられても迷惑《めいわく》だからな」

「へい！　行ってきやす！」

素早《すばや》く迫田が談話室を出て行くのを、万里と太一がわずかに笑いながら見送った。

「心配性《しんぱいしょう》だな」

「きっと過保護は昔からなんスね」

「うるせぇぞ、てめぇら」

左京は低く咎《とが》めながらも、否定はしなかった。

寮《りょう》を出た迫田は、数十メートル先に莇の姿を見つけた。

「あ、いたいた。あざみ――」

「――離《はな》せ！」

莇はガラの悪い学生たちに囲まれ、近くに停《と》まっていた車に引《ひ》きずり込《こ》まれるのを、必死で堪《こら》えていた。

「うるせぇ！」

大柄な学生が莇の頭を車の中に押し込み、中からは他の学生が莇を引《ひ》っ張《ぱ》り込む。

「早くドア閉めろ！」

「あざみ!?」

迫田が慌てて走りだすと、莇の姿がリアウィンドウから覗《のぞ》いた。

「ケンさん――！」

「おい、車出せ！」

最後に大柄な学生が車に乗り込むのと同時に、車が走りだす。

「おい！　待て――！」

迫田が追いかけるが、車のスピードにはかなわない。あっという間に遠ざかっていく。

「マ、マジかよ、やべぇ。まずアニキと会長に連絡《れんらく》――いや、でもこのままだと見失う――」

迫田はおろおろと辺りを見回した後、塀沿《へい》いに目を留《と》めた。

「――そうだ！」

寮の前に停めてあったスクーターに駆《か》け寄《よ》って、またがる。

「行くぜ、アニキ号！　待ってろ、あざみ！　ぜってー助けてやるからな！」

スクーターのキーを回すと、エンジンを唸《うな》らせて走りだした。

「おせぇな、あいつら。どこまで行ったんだ？」

日が暮れて、とろりとした暖色《だんしょく》に染まり始めた窓の外を見やりながら、左京がぽつりとつぶやく。


「そろそろ劇場の方に移動しないといけない時間ですね」

いづみも、時計を確認《かくにん》しながら首をひねる。

「いくらなんでもこんなに戻《もど》ってこねぇのは、おかしくねぇか？」

「出て行ってからもう三時間は経《た》ってるよな」

十座《じゅうざ》と臣も怪訝《けげん》そうな顔をする。

「……莇、電話出ねぇな」

スマホを操作していた万里がつぶやくと、いづみの胸にじわりと不安が広がる。

「まさか、何かあったんじゃ……」

「迫田に連絡してみるか」

左京がそう言いながらスマホを取り出した時、着信音が鳴った。

「――ウワサをすればなんとやらだ」

画面に迫田の名前が表示されている。左京はほっと息をつきながらスマホを耳に当てた。

「おい、どこほっつき歩いて――」

左京の言葉が途中《とちゅう》で止まって、表情が固まった。

「あ？」

怪訝そうな表情から、険《けわ》しいそれへと変わる。

「――何？　どういうことだ。相手は。……わかった。倉庫だな。すぐに行く。――ダメだ。お前はそこで待機しろ」

左京はスマホを切ると、厳しい目つきで談話室のドアへ向かった。

「どうしたんすか？」

「莇が拉致《らち》られた」

万里の問いかけに、短く答える。

「ええ!?」

いづみが目を丸くすると、左京は淡々《たんたん》と説明を続けた。

「相手は学生みたいなのが十数人。迫田は見たことのねぇ奴《やつ》らしいが、どっかのヤクザの幹部の息子だとか言ってたらしい」

冷静な声に、隠《かく》しきれない怒気《どき》が混じる。

「……そういや、前に変なのに絡まれてたな」

「やばいじゃないッスか！」

十座が思い出したようにつぶやくと、太一が血相《けっそう》を変える。

「は、早く警察《けいさつ》に連絡しないと……」

「必要ねぇ」

スマホを取ろうとしたいづみを、左京が制した。

「え？　で、でも、どうするんですか？」

「決まってんだろ。カチコミだ。ナメた真似《まね》しやがって。坊は絶対に取り返す」

「えええ!?」

言うなり談話室を出て行こうとする左京は、どこからどう見ても本気だ。全身から立ち上る殺気を感じて、いづみがわずかにのけぞる。

「それしかねぇよな」

「急ぎましょう」

十座と臣は心得たとばかりに、すぐに左京の後に続いた。

「や、やるしかないッスよね」

「武闘派《ぶとうは》の本領発揮《はっき》か」

太一は怯《おび》えながら、万里は悠々《ゆうゆう》という違《ちが》いはありつつも、左京の動きに同調する。

「ちょっと待って！　そんな危ないことさせられませんよ！　大体、開演の時間に間に合わない――」

誰一人《だれひとり》として止めようとしないことに慌てながら、いづみが声をかける。

「オレたちに任せてくれ」

いづみの言葉をさえぎったのは、天馬《てんま》だった。

「もし、開演まで間に合わなければ、夏組《なつぐみ》が前座で出て、できる限り間《ま》を持たせる」

「天馬くん……」

「借りは返すって言っただろ」

天馬が万里に視線を向けると、万里がにやりと笑った。

「助かる」

「体力も有り余ってそうだし、暴れてくれれば？」

「オレも、全力でサポートする！」

幸《ゆき》と九門《くもん》も秋組《あきぐみ》メンバーにエールを送る。

「でも、もしケガなんてしたら公演どころじゃ――」

いづみだけが、決断できずにいた。当然だ。ケンカなんて普段《ふだん》であっても止めるのに、今は千秋楽という大事な公演前だ。

「ガキ相手、すぐに終わらせる。会の奴ら呼んでたら間に合わねぇ。あいつは俺ら秋組の大事な座長だ。俺たちの手で取り返す」

左京は真剣な表情でいづみを見つめた。

「こいつらを危険な目には遭《あ》わせねぇ。約束する」

「左京さん……」

自分を信用してほしいという左京の思いが伝わってきて、いづみもそれ以上何も言えなくなる。莇を助けたいのは、いづみとて同じだ。

「で、でもさ、みんな、顔が割れたらまずいんじゃないかな……後から相手に復讐《ふくしゅう》されたり、SNSで拡散《かくさん》されたり……！」

「あ～、それはまずいかも」

椋《むく》が心配げにつぶやくと、一成《かずなり》も続く。

「さんかくあげて、許してもらう～？」

「無理だろ」

三角《みすみ》ののんきな提案を、天馬があっさり切り捨てる。

「ふっふっふ、それならいい手があるッス！」

太一は怪《あや》しげな笑い声をあげながら、自信満々で言いきった。

その日の劇場は満席だった。

千秋楽という特別な公演に対する観客の期待は、舞台袖《そで》にいるいづみにも、ひしひしと伝わってくる。

『間もなく開演時間です』

アナウンスが響《ひび》いたが、秋組メンバーの姿は劇場内のどこにもなかった。

（やっぱり、間に合わない……）

厳しい表情で時計を確認したいづみの横に、天馬が立った。

「オレたちの出番だな」

「……みんな、よろしくね」

希望を託《たく》すつもりで、夏組メンバーの顔を見回す。

「任せとけ。借りはきっちり返す」

「身につけたアドリブ力を見せる時だー！」

天馬の頼《たの》もしい言葉に、威勢のいい九門の言葉が続く。

「がんばります！」

「舞台楽しみ〜！」

「それな！　楽しんじゃお！」

椋が拳《こぶし》を握《にぎ》り締《し》めれば、三角と一成も笑顔で続いた。

「息切れしないようにほどほどにね」

「どれだけ時間がかかるかわからないしな」

冷静な幸と天馬が、他のメンバーに釘《くぎ》を刺《さ》す。

（どうか、秋組のみんなが早く無事に帰ってこられますように……）

「行くぞ――！」

いづみが祈るように手を組んだ時、天馬が舞台へと駆《か》けだした。

「秋組公演へようこそ！」

「ようこそ〜！」

天馬と三角が手を振《ふ》ると、客席から歓声《かんせい》と戸惑《とまど》いの声があがる。

「え!?　夏組!?」

「なんで？」

「千秋楽はちょっと特別なんだよね」

「オレたちの前座があるよん」

幸と一成がそう説明すると、観客の意外そうな声と共に拍手《はくしゅ》が起きる。

「よろしくお願いしまーす！」

「よろしくね〜！」

椋と九門が笑顔で手を振《ふ》ると、拍手はさらに大きくなった。

「夏組が前座⁉」

「ウソ！　すごい！」

観客たちの歓迎《かんげい》を受け取って、天馬が口火を切った。

『っていうかさ、お前、目玉取れかけてるぞ』

『ウソ⁉　マジで⁉　ちょっと直してくる』

一成が慌《あわ》てて目を押《お》さえると、中に目玉をねじ込むようなジェスチャーをする。

『そういうアンタも、鼻の辺りが腐《くさ》りかけてるけど』

『最近ちょっと暑いからな〜』

幸に指摘《してき》された天馬も、涼《すず》しい顔で鼻をくいくい曲げて見せる。

『夏よりはましだけど、あちこち腐りやすくて困るよね〜』

『オレ、冷蔵庫入って寝《ね》てる〜』

椋の言葉に三角が答えると、九門が三角をつついた。

『なんかあちこち凍《こお》ってるよ!?』

『あれ？　そういえば腕《うで》も脚《あし》も曲がんない……』

三角がロボットダンスのようにかくかくと動きだすと、幸が鼻で笑った。

『冷凍庫《れいとうこ》と間違えたんじゃないの』

「あはは！」

舞台袖で、客席から笑いが沸《わ》き起《お》こるのを見ていたいづみは、ほっと息をついた。

（みんな、ぶっつけ本番なのに意外とアンデッド役が板についてる。一緒《いっしょ》にゾンビラン行ったおかげかな？　客席も盛り上がってるし、これでしばらくは安心だ。あとは、秋組のみんなが無事に帰ってきてくれたら――）

いづみは気づかわしげに裏口の方へと視線を向けた。


がらんとした倉庫の中で、莇は車に乗っていた人数よりもはるかに多くの不良たちに囲まれていた。

すでにあちこち殴《なぐ》られたのか、後ろ手に縛《しば》られた状態でぐったりしている。

「さすがに縛られてこの人数に囲まれたら、手も足も出ねぇよなぁ――」

大柄な学生が莇の腹を何度も殴り、膝蹴《ひざげ》りを食らわせる。

「うぐ――っ」

「散々《さんざん》人をバカにしやがって――」

低く呻《うめ》く莇に、学生は手加減することなく拳を振り下ろした。

莇の膝が折れて、床《ゆか》の上に転がる。

「そのくらいにしといた方がいいんじゃないっすか。バレたら面倒《めんどう》ですし――」

さすがにやりすぎだと思ったのか、取り巻きの一人が声をかける。

莇がちらりと出口の方へと視線をやった。

「はっ。何期待してんだ？　お前はこのまま千秋楽とやらが終わるのを黙《だま》ってここで待つしかねぇんだよ」

莇の視線の先を追った大柄な学生が、意地の悪い笑《え》みを浮《う》かべる。莇は、悔《くや》しげに顔をしかめた。

「テメエ、主演なんだって？　主演が逃《に》げ出《だ》すとか最低だよな」

嘲《あざけ》るように言われた途端《とたん》、莇がゆっくりと起き上がる。そのまま学生を蹴り上げようとするが、負傷した体ではいつもの力は出ず、あっさりと避《よ》けられてしまう。

「おっと——当たらねぇよ」

よろけた藺の腹に、学生が一発、二発と拳をうずめた。

「ぐ——っ」

再び藺が膝を折った瞬間《しゅんかん》、クラクションが鳴った。

「あ？　うるせーな」

「なんだ？」

「見てこいよ」

大柄な学生が顎をしゃくって取り巻きに命じる。

「っす」

取り巻きの一人が倉庫の入口の扉《とびら》を開けた。

「一体誰《だれ》——ぐふ」

言葉の途中で不自然に倒《たお》れる。

「ぎゃはは、何こけてんだよ」

取り巻きの片割れが笑った時、入口からライオンの着ぐるみが入ってきた。

「ん？」

大柄な学生が怪訝な顔をしていると、ウサギやクマ、オオカミやタヌキが続いて入ってくる。

「なんだ、あいつら！」

「正義のうさぴょんだぴょーん」

ウサギのやけに明るい声は紛《まぎ》れもなく万里のものだった。

「古市組、見参《けんざん》タヌ！」

太一の声をしたタヌキが、戦隊ヒーローのようなポーズをとる。

「悪い奴は許さないぞグルル」

「ガオー。俺たちの仲間返してもらうぞ、クソガキどもが」

臣の声をしたオオカミに、左京の声をしたライオンが続く。

「クマの鳴き声ってなんだ……？　クマー？」

「んな鳴き声あるか」

首をひねっている十座のクマに、万里が突《つ》っ込《こ》んだ。

その場にいた全員があっけにとられている間に、ライオンが茹に顔を向ける。

「――おい、坊、無事か」

ようやく左京の声だと気づいた茹が、はっとした表情を浮かべた。

10

「すぐに助ける」

「ふざけやがって——」

遅《おく》れて、莇の加勢《かせい》に来たのだと理解した大柄な学生が戦闘《せんとう》態勢を取るが、それより速く、十座が動いた。

「おらあ！」

野生のクマを彷彿《ほうふつ》とさせる素早い動きとパワーで、近くにいた学生を殴り飛ばす。

「はあ！」

万里のウサギもスピードでは負けていなかった。着ぐるみを被っているというハンデを感じさせない動きで、あっという間に一人二人と殴り倒していく。

「ひ——っ」

立ち向かう者と逃げようとする者で、辺りが騒然《そうぜん》となる。

「どけ！」

百獣《ひやくじゆう》の王にふさわしい激しさで、左京のライオンが周囲のものをなぎ倒し、莇に近づいていく。

「ぐはっ」

「みんな強《つえ》ぇーッス！」

太一のタヌキは混乱の中を器用にかいくぐって敵をかく乱していた。

「ちょっと痛い目見てもらわねぇとな」

臣のオオカミも、一人、二人と摑《つか》んでは投げ飛ばしていく。

「うぐ――っ」

「く、くそ――！」

学生の一人が臣の後ろから木刀を振りかざす。

「臣クン、後ろッス！」

「はあ！」

臣は太一の声に瞬時《しゅんじ》に反応して、振《ふ》り向《む》きざまにまわし蹴りを食らわせる。

「げふ――っ」

「さすが！　一日限りの狂狼《きょうろう》復活ッスね！」

「――みんなのために強くなるって、決めたからな」

太一が手を叩《たた》いてほめると、臣が自らの手を握《にぎ》り締《し》める。

「あざみ、大丈夫か！」

迫田は、左京や秋組メンバーのおかげで開いた道を通って、莇に駆け寄った。

「ケンさん……」

莇の顔を見て、迫田が目を見開く。

「ケガしてんのか⁉ すまねぇ、もっと早く助けに入りゃ――――！」

「受け身取ったから、大したことねぇ。それより、舞台は――」

迫田の言葉をさえぎってたずねる。

「夏組が前座で間を持たせてくれてるらしい」

「そうか……」

迫田が莇の手の縄《なわ》を解《ほど》いてやりながら説明すると、莇はほっとしたように息をついた。

「残りは一人だな」

死屍累々《ししるいるい》と倒れ伏《ふ》した者たちの間を縫《ぬ》って、左京がゆっくりと大柄な学生に近づく。その愛くるしい着ぐるみの見た目には、似つかわしくない殺気があふれ出ている。

「ひぇ――っ」

「年功序列《ねんこうじょれつ》ってことで譲《ゆず》りますよ。ライオンさん」

ウサギはそう言いながら、一歩退いた。

「お、お前ら……俺が龍天会《りゆうてんかい》の幹部の息子だってわかってやってんのか！」

虚勢《きよせい》を張る学生の言葉を聞いて、左京がぴたりと足を止める。

「……龍天会だぁ？ 銀泉会《ぎんせんかい》よりはるかに格下じゃねぇか。いい度胸だ。まるごとぶっ潰《つぶ》してやろうか！」

「ひ、ひぃぃ！」

ライオンが吠《ほ》えると、学生は文字通り震《ふる》え上《あ》がった。

「迫田！　そいつ連れて会長に報告して、向こうのやつらと話つけてこい！」

「へい！」

迫田が素早く動いて、学生の胸倉《むなぐら》を掴む。

「おら、来やがれ！」

「ゆ、許してください～！」

学生は情けない顔で涙《なみだ》と鼻水を垂らしながら、迫田に連行されていった。

「あーちゃん、ケガしてるじゃないッスか！」

葝に駆け寄った太一が悲鳴をあげる。

「動けるか？」

臣が気遣《きづか》うと、葝はにやっと笑って見せた。

「余裕《よゆう》」

「よし」

万里が上等とばかりに肩《かた》を軽く小突《こづ》いた。

「悪い。みんなに迷惑かけて――」

小さく頭を下げる莇の言葉を、万里がさえぎった。

「この借りは舞台の上で返せ」

「謝罪の気持ちは舞台で見せてみろ」

十座も続けると、莇が深くうなずく。

「……わかった」

「急いで戻るぞ」

「はいッス！」

左京の言葉に、太一が元気よく応える。

莇と五匹《ひき》の猛獣《もうじゅう》たちが工場のドアへ向かって一斉《いっせい》に走りだした。


(さすがにもう限界だ……)

舞台袖から夏組メンバーのエチュードを見守っていたいづみは、ぎゅっと拳を握り締めた。

（夏組のおかげで客席は盛り上がってるけど、みんな出ずっぱりで疲《つか》れが溜《た》まってるし、お客さんも疑問に思い始めるはずだ。これ以上引き延ばすわけにはいかない。私が決断しないと――）

いづみは一度目をつむって、心を決めると、スタッフがいる方を振《ふ》り返《かえ》った。

その時――。

「待たせたな」

目の前に息を切らせた左京が立っていた。

声をあげかけたのを、慌てて抑《おさ》える。

間に合った――安堵《あんど》でくず折れそうになるのを堪《た》えて、舞台上の夏組メンバーへ合図を送る。

いづみの合図を確認した天馬が、観客の方へ向き直った。

「それでは、秋組第四回公演『DEAD《デッド》/UNDEAD《アンデッド》』、間もなく開演します」

「お待たせしました！」

「お楽しみに～！」

続いて九門や三角が笑顔で手を振り、はける。

椋や幸は舞台袖に引《ひ》っ込《こ》むなり、荒い呼吸を繰り返した。

「はあ、はあ……」

「はあ、遅《おそ》い……」

「きっつ～！」

「疲れた～！」

一成と三角も笑顔を浮かべながらも、その額からは汗《あせ》が流れ落ちる。

「みんな、お疲《つか》れさま！」

いづみは、開演への希望をつないでくれた夏組メンバーに、心からのねぎらいの言葉を送る。

「ギリギリだったな」

「マジ助かった」

さすがの天馬の表情にも疲れが見える。万里はそれを見て取って、礼を言った。

「礼は後でいいから、今は最高の千秋楽にすることだけ考えろ」

「だな」

「みんな、急いで準備して――！」

いづみが急《せ》き立《た》てると、莇がうなずく。

「全員十分で出られるようにすっから」

さっきぐったりしていたのがウソのように、力強い言葉だった。

その数分後、楽屋では、いつもの二倍の速さでメイクが進んでいた。

（十分って、さすがに無理なんじゃないかと思ったけど……）

「はい、終わり。次――」

「速《はえ》え……」

あっという間に仕上がった顔を見て、十座が呆然《ぼうぜん》とつぶやく。

「手の動きが見えないッス！」

「千手観音《せんじゆかんのん》かよ」

太一の言葉に万里が突っ込む。

「俺で最後だ」

鏡前《かがみまえ》に座った左京の顔に、莇が無言でブラシをのせ始める。

ややあって、手は止めないまま、ぽつりと言葉を漏《も》らした。

「……さっき捕《つか》まった時、ガラにもなく怖《こわ》くて震《ふる》えた。俺のせいで今までアンタたちが積み上げてきたもん、全部ぶっ壊《こわ》れるかもしれないと思って」

「そっちかよ」

自分の身の心配ではなく、劇団の心配をしたという莇に、万里が鼻で笑って突っ込む。

「珍《めずら》しく弱気になったのかと思ったら」

左京もからかうように告げると、莇は反発することなく答えた。

「バカみたいな着ぐるみ着たアンタたちが来て、クソ左京の声が聞こえた時、心底ほっとした」

「バカみてぇな、は余計だ」

莇の気持ちが伝わってきたのか、左京の声もいつもより優《やさ》しい。

「……こんなこと二度と言わねぇけど、子どもの頃《ころ》アンタのこと、ずっと、ほんとの父親みたいに思ってた。今も、思ってる」

莇の本音を聞いて、左京が虚《きょ》を突《つ》かれたように言葉を失う。

「母親がいねぇかわりに、父親が二人いたから……俺はこんな物騒《ぶっそう》に育っちまったのかもな」

「……人のせいにすんな」

ぶっきらぼうに返しながらも、左京の表情には喜びがにじんでいた。

大幅《おおはば》に開演時間に遅れながらも、千秋楽は無事に幕が上がった。

舞台では、直前のいざこざも感じさせず、勢いのある芝居が繰《く》り広《ひろ》げられる。

『……うまそうなのみーっけ』

『ロイ……？　生きてたのか、ロイ――！』

『目を覚ませ。あれはもう向こう側だ』

アベルがイヴァンを止めた直後、ロイがイヴァンに飛《と》びかかる。

『食わせろ！』

『――ロイ！』

及《およ》び腰《ごし》のイヴァンに代わって、アベルが跳躍《ちょうやく》する。

『――は！』

『――ぐっ』

アベルの蹴りを受けたロイが飛び退《しさ》る。

客席のいづみは、いつもと全然違うアクションに目を見張った。臨場感や迫力《はくりょく》が段違《だんちが》いだ。今まで暴れてきたからなのではないかと思うような、緊張と気迫《きはく》が伝わってくる。

『てめぇだけは許さねぇ……許さねぇぞ、赤目!!』

『よく吠えるエサだ』

イヴァンとレッドが対峙《たいじ》する。

『速ぇ――』

『イヴァン！』

『後ろがガラ空《あ》きだ！』

アベルの警告と同時に、レッドがイヴァンの背後から拳を振り下ろす。

『ぐはっ』

臣の凶悪《きょうあく》さもひときわ光っていた。かつて狂狼と呼ばれ、不良たちから恐《おそ》れられていた、荒《すさ》んだ時代を彷彿とさせる。敵役《かたきやく》ということもあって、なおさら輝《かがや》いていた。

『……アベル、すまない……俺は、またお前を守れなかったな……』

ホログラムのビルが、泣きそうな表情でアベルを見つめる。

『あの時も……俺たちがもっと、気を付けてやっていれば……事故なんかに遭わずに済んだ……そんな体にならずに……』

後悔をあらわにするビルを前に、アベルが言葉を失う。

左京は残虐《ざんぎゃく》なアンデッドの顔と父親の顔の落差が今まで以上によく出ていた。特に父親としての表情は今までとまったく違った、愛情深さを感じさせた。

『アベル……サーシャ、どうか……俺の分まで生きろ……』

『父さん――！』

消えていくビルに、アベルがすがる。

『うわあああ！』

アベルの悲痛な絶叫《ぜっきょう》が、観客の胸に突《つ》き刺《さ》さった。

左京に負けないくらい、勘の表情も良くなっていた。父親を亡《な》くした悲しみが、痛いほどに伝わってくる。

『お前はどうするんだ？　人として生きるのか、アンデッドとして生きるのか』

『……俺は、アベルだ。マヌケなイヴァンの相棒だろ』

イヴァンの問いかけで、アベルが自らの生きる道を決める。

『一言余計だ』

『俺は、アベルとして生きる』

アベルの目に光が灯《とも》る。これまでと違う、これからを感じさせる希望の光だった。新たなありのままの自分として生きる決意が感じられる。勘自身の今の想いが込められていたのだろう。勘が自分の生き方を見つけられたからこそ、できる演技だった。

幕が下りて、爆《は》ぜるような拍手が劇場を包む。

舞台袖には、勘が呆然とした表情で立っていた。

「何放心してんだ」

「バテたとか？」

左京と万里が茶化すと、莇がぽつりとつぶやく。

「……もっとやりてー」

莇の言葉を聞いた万里と十座がにやりと笑う。

「芝居の面白さ、ようやくわかってきたみたいだな」

「上等だ」

「最高だったッス！」

「一番の出来だったな」

太一と臣が笑顔で莇の肩を叩く。

「カーテンコールだ」

左京が舞台の光の中へと向けて、莇の背中を押した。

「ありがとうございました！」

「ありがとう」

「ありがとうッス～！」

万里、莇、太一が頭を下げる。

「良かったぞ！」

やたらと野太い声が客席の一角から上がった。声援《せいえん》を送る銀泉会のメンバーに囲まれて、泉田が目を細めて、光の下に立つ莇を見つめている。

「うっうっ、あざみ、良かったな……！」

その隣《となり》では迫田が嗚咽《おえつ》を漏らして、目元を腕で拭《ぬぐ》った。

「会長も迫田も間に合ったのか。うまく片づけてくれたみたいだな」

舞台の上から銀泉会のメンバーを確認した左京が、表情を和《やわ》らげる。

「臣さんー！」

声の方を向いた臣が、わずかに目を見開く。

「お、リョウも来てくれたのか」

狂狼時代の仲間の姿を認めて、笑みを漏らす。

そんな中、莇がつまらなさそうに客席を見回していた。

「なんだよ、志太《しふと》のヤツ。来てねーのかよ……」

小さなつぶやきは、喝采の中に消えた。

楽屋に戻ってきた秋組メンバーを、夏組メンバーが迎えた。

「お疲れ」

「おつピコー！」

「無事に千秋楽やり遂げられたみたいだな」

幸と一成が軽く手を上げて、天馬が笑顔を浮かべる。

「お前らのおかげだ」

「助かった」

「何言ってんの！　困った時はお互《たが》い様《さま》だろー！」

頭を下げる万里と十座に、九門がにかっと歯を見せて笑った。

と、そこで大きな音を立てて楽屋のドアが開いた。

「あーざみーー！　アニキー!!」

叫び声と共に駆《か》け込《こ》んできたのは迫田だった。勢いよく莇と左京に抱《だ》き着《つ》く。

「うっうっうっ……本当に、おれ、感動して、言葉が……っ」

「泣きすぎだ」

「苦しいって、ケンさん」

二人が顔をしかめていると、迫田の後ろから泉田が入ってきた。

「龍天会との話は片づきましたか」

左京の問いかけに、目でうなずく。

「向こうの会長直々《じきじき》に謝罪があった。息子ともども直接土下座させに来るってよ。きっちり落とし前つけさせるって話だ」

「そうですか」

「大体向こうとうちじゃ格が違いすぎる。こんなモン、火種《ひだね》にもならねぇよ」

ほっとしている左京を見て、泉田は軽く鼻で笑った。

（あんな大事《おおごと》だったのに、こんなモンて……ヤクザってやっぱり怖い……）

子どものケンカくらいにしか思っていない態度に、おののいてしまう。

「おい、槙田《まきた》。例のブツ持ってこい」

「へい」

泉田が後ろに控《ひか》えていた槙田に指図すると、槙田が紙袋《かみぶくろ》を手に、す、と前に出た。

「受け取れ、莇」

莇が怪訝そうに紙袋を受け取って、中を覗《のぞ》き込《こ》む。

「これからも劇団に残るんだろ。餞別《せんべつ》だ」

「これ――」

中に入っていたのは、色々なコスメブランドの箱だった。

「会長、わざわざ自分で壊したメイク道具と同じもん買いに行ったんだぜ」

槙田が泉田には見えないようにして、笑みを浮かべる。

「自分で……？」

「会長さんがコスメフロアに……？」

左京といづみが同時に唖然《あぜん》とする。

「営業妨害《ぼうがい》以外の何物でもねぇな」

「おい槙田！　余計なこと言ってんじゃねぇ！」

左京がつぶやいた途端、泉田が槙田を叱責《しっせき》した。

「……ありがとう」

莇はためらった後、小さく礼を言う。

「わかってる」

「本気で目指すと決めた以上、腹くくれ」

泉田の言葉に、莇は力強くうなずいた。

「この劇団は俺のひいきだ。芝居でも化粧《けしょう》でも半端《はんぱ》したら許さねぇ。さぼってねぇか、毎回観《みく》に来るからな」

「授業参観かよ」

左京が思わずといった様子で、笑いを漏らす。

「……それで、いつかプロになったら、その筆でたくさんのオンナをキレイにしてやれ。

俺が何度でも惚《ほ》れ直《なお》した小百合《さゆり》みたいにな」

泉田が優しく目元をゆるめると、勛も表情を和らげた。

「……言われなくても。それと、跡目継《あとめつ》がなくても、息子として家のためにできることはやるから。そこのパリピにも欲張れって言われたし、大事にするもんは一つじゃなくてもいいだろ」

そう言って、一成の方に顎をしゃくる。泉田は喜びを押《お》し隠《かく》すように顔をそむけて、小さく鼻を鳴らした。

「……ふん、生意気言いやがって」

「アザミン、オレの話覚えててくれたんだ……」

「たまにはいいこと言うじゃん」

「たまにはってひどいよ、ゆっきー！」

感激している一成を幸がからかう。

（会長さん、うれしそうだな……和解できて本当に良かった……）

いづみは目を細めて泉田と勛を見つめた。

終章

少年の日

その夜、MANKAI寮《りょう》の談話室では、恒例《こうれい》の打ち上げが行われた。

「かんぱーい！」

「乾杯《かんぱい》！」

「乾杯」

太一《たいち》に続いて、臣《おみ》、十座《じゅうざ》がグラスを上げる。

「秋組《あきぐみ》公演も無事に終わって良かったね～」

いづみがビールを飲み干し、解放感と達成感に酔《よ》いしれる。

「今回が一番疲《つか》れた」

左京《さきょう》が珍しくぐったりした表情を浮《う》かべると、臣が微笑《ほほえ》んだ。

「千秋楽《せんしゅうらく》も間に合うかハラハラしましたしね」

「みんな強くてすごかったッス！」

太一が暴れまわるメンバーの姿を思い出したかのように、拳《こぶし》を握《にぎ》り締《し》める。

「オレも兄ちゃんのケンカ見たかったな〜！」

九門《くもん》が心底悔《くや》しそうに声をあげた。

「兵頭《ひょうどう》のケンカっていうか、クマのケンカだけどな」

「確かに……」

万里《ばんり》が小さく突《つ》っ込《こ》むと、臣が同意する。

「なんだかんだ、新メンバーの座長公演も順調だな」

「次は冬組《ふゆぐみ》地方公演、新メンバー加入だね！」

冬期の高遠丞《たかとおたすく》の言葉を聞いて、いづみが次の公演へと思いを巡《めぐ》らせる。

「いい人が見つかるといいですね」

紬《つむぎ》がビールを飲みながら微笑んだ。

「詩人と添《そ》い寝屋《ねや》と職業不詳《ふしょう》はもう揃《そろ》っているから、他の職業にしてもらわないとね！」

「同じ奴《やつ》もう一人見つける方が難しいだろ」

したり顔の誉《ほまれ》に、丞があきれたように突っ込む。

「やっぱり、冬組だからアダルティ〜なメンバーッスかね！」

「最年少かもしれねぇ」

太一の言葉に、十座が低く続いた。

「最年少っていうと……小学生とか？」

「意外すぎる……」

「親子の役しかできなさそうだね」

太一が首をかしげると、いづみがつぶやき、東《あずま》がのんびりと微笑んだ。

「密《ひそか》さんはどんなメンバーが入ってきてほしいですか？」

いづみが、密にたずねる。

「マシュマロ屋……」

「私情《しじょう》で選んだな……」

マシュマロを食べながら答えた密に、丞が突っ込んだ。

「莇《あざみ》くんがいることだし、次の冬組の公演もメイクが映《は》えるようなものだといいね」

紬が莇に声をかけると、莇は自信ありげにうなずいた。

「新品のメイクセット揃ったんで、準備はできてるっす」

「楽しみだな」

東が微笑むと、咲也《さくや》が横から会話に入ってきた。

「莇くんのメイク、いいですね～。オレも今度経験してみたいです！」

「そっか。春組《はるぐみ》の公演の時はまだ莇くんがいなかったからね」

「次の公演に期待」

いづみが思い出したようにつぶやくと、至《いたる》も楽しげに続いた。

「メイクが映えるっていうと、どんなのっすかね〜」

「ビジュアルバンドとか？」

(やっぱりそこにいくんだ……！)

綴《つづる》と千景《ちかげ》の会話に既視感《きしかん》を覚える。

「……悪くない」

「お、意外と食いついた。音楽好きだもんな」

真澄《ますみ》のまんざらでもなさそうな様子を見て、綴が納得《なっとく》したようにうなずいた。

「次の主演は、至《いたる》さんかシトロンさんですかね」

「そういえば、今まで主演やってないんだっけ」

「ビジュアル系はちょっと……」

咲也と千景に視線を向けられた至は、そっと視線をそらした。

「シトロンくん主演なら、エキゾチックな舞台とかもいいんじゃないかな」

「シトロンさんはどんな舞台が——あれ？　シトロンさんは？」

いづみと咲也が辺りをきょろきょろ見回す。

「さっきまではいたと思ったけど」

「トイレかな？」

千景の言葉を聞いて、いづみは首をかしげた。


中庭のベンチで、莇がジュースを片手に電話をしていた。

「……やっぱ来てなかったのか」

電話口の声を聞いて、つまらなそうな表情を浮かべる。

「……あー、いいって。家の事情じゃしょーがねーし。うん、今回はしょうがないけど、次は来いよ。……ん？　オーディション？　へーいいじゃん。どこの劇団？　ふーん……知らねぇ。はは、俺劇団詳《くわ》しくねーから、しょうがねーだろ。……あー、そーだな。勉強しねーと。……おう。志太《しふと》もオーディションがんばれよ。……ん。じゃあな」

莇は笑って通話を切ると、何かを思い出すかのように液晶《えきしょう》画面を見つめた。

「ＧＯＤ座って……なんか、聞いたことがあるような気もすっけど……ま、いっか」

莇がスマホをポケットにしまった時、いづみが後ろから声をかけた。

「莇くん」

振り返った莇に、微笑みかける。

「改めて公演お疲れさま」

「お疲れっす」

莇は小さく頭を下げた。

「初めての主演はどうだった？」

「なんかすげー大変だった気がしたけど、終わるとあっという間だったたっつーか……ぽっかり穴が開いた感じがする」

「楽しかった？」

いづみの問いかけには、少しためらった後、はっきりとうなずいた。

「……すげー楽しかった」

実感のこもった言葉を聞いて、いづみはうれしくなる。

「良かった！　左京さんとも仲直りして、すっかり秋組にも馴染《なじ》んだし、次の公演が楽しみだね。最初は秋組に合う新メンバーが見つかるか心配だったけど、莇くんが入ってくれて本当に良かった」

いづみがしみじみと告げると、莇は思い出したように声をあげた。

「あ、そういえば、秋組の奴って全員ちょっと似てんのな」

「え？」

「全員家出したことあるんだって」

「そうなの⁉」

初耳だったいずみが思わず目を丸くする。

「みんな、俺のオーディションの時の『ポートレイト』見て、思い出したって言ってた」

「全員とは……ある意味、秋組らしい……」

似た者同士というのがよく似合うと、思わず納得してしまう。

「家出って、ほめられたもんじゃねーけど、まだ子どもの俺らにできる唯一《ゆいいつ》の反抗《はんこう》っつーか、気持ちを表現する一つの方法だったんだよな。それで家から離れて一人になって、初めて大事なことを見つけられる、みたいな」

少し大人びた表情で遠くを見つめる莇からは、紛れもない成長が感じられて、いづみは優しく見つめる。

「大事なこと見つけられた？」

「……見つけられた」

いづみの問いかけに、莇は考えながらも、しっかりと答えた。

「……メイクのプロ目指す覚悟《かくご》と、演劇っていう新しい夢の舞台」

そう告げる莇の目からは以前のような反発心や苛立《いらだ》ちが消え、決意の光が宿っている。

(莇くんは、もう家から逃げてきた莇くんじゃない。ちゃんと夢を見据《みす》えて、演劇にも向き合おうとしてる……なんだか一気に大人っぽくなった気がするな)
大人よりもはるかに速いスピードで未来へ向かっていく莇を、いづみは眩《まぶ》しく思った。

MANKAI寮の玄関《げんかん》ポーチにシトロンの姿があった。
室内の明かりが漏《も》れてくる中、いつになく物憂《ものう》げな表情で、じっと空を見上げている。
「ワタシのリミットは、もうすぐ……」
つぶやいたシトロンの顔に、ふっと暗い影《かげ》が落ちた。
視線を移すと、目の前にエキゾチックな衣装《いしょう》をまとった長身の男が立っていた。
《……シトロニア》
異国のイントネーションで話す男を認めて、シトロンがわずかに目を見開く。
《貴方《あなた》を迎えに来た》
《そろそろだと思ってたよ》
シトロンは静かに微笑むと、長身の男と同じ響きの言葉で返した。

あとがき

こんにちは。『A3!』メインシナリオ担当のトムです。

本作は、スマホアプリのイケメン役者育成ゲーム『A3!』のメインシナリオに地の文を加筆した公式ノベライズ本、第七巻です。

相変わらず秋組《あきぐみ》は荒事の多い物語でした。

新団員の莇《あざみ》は秋組らしく腕っぷしの強い少年ですが、最年少ということもあり、夏組《なつぐみ》の九門《くもん》に通じる等身大の少年らしさが魅力だなと思います。また、他のメンバーも旗揚《はたあ》げから一年経って少し大人になり、年上として莇を温かく見守っている感じが良かったですね。

それでは、また冬組《ふゆぐみ》ノベライズでお会いできることを願いつつ。

二〇二〇年六月　トム

番外編

枯れ芝居強化週間

夕食後の談話室は人が多い。特に急ぎの用事がない団員は談話室でくつろぐため、ソファとテレビはさりげなく争奪戦《そうだつせん》が起こる。

今日の争奪戦はドラマ支持層の勝利に終わったらしい。テレビでは、病院を舞台《ぶたい》にした医療《いりょう》ドラマのオープニングが流れていた。

いづみがダイニングテーブルの方からぼんやりとテレビを眺《なが》めていると、CMに見覚えのある俳優が映し出された。

「この役者さん、今、朝ドラに出てる人だよね」

記憶《きおく》をたどりながらつぶやくと、ソファに座《すわ》っていた椋《むく》が振《ふ》り返《かえ》る。

「はい。演技がすごくいいんですよね。一人の人生を描《えが》くから、十代から六十代まで演じるんだけど、演じ分けがすごくて」

「ああいう加齢《かれい》を表現するメイクって、ゾンビの特殊《とくしゅ》メイクと同じようなもんなのか？」

ソファにもたれかかってお茶を飲んでいた万里《ばんり》が、洗い物の手伝いを終えた莇《あざみ》に声をかける。

「まあ、簡単なもんなら、同じような感じでできると思う」

莇が何気なく答えた時、左京《さきょう》が談話室に入ってきた。

「ミーティング始めるぞ」

そう言いながら、いづみの向かいに座ると、他の秋組《あきぐみ》メンバーも次々と席に着いた。

「とりあえず、今週の強化目標からか」

万里が口火《くちび》を切ると、十座《じゅうざ》が口を開く。

「公演がない時期だから、演技の幅《はば》を広げるようなことに挑戦《ちょうせん》してぇ」

「演技の幅ねぇ」

左京が考え込むように顎《あご》を撫《な》でる。

「普段《ふだん》やらない役とか芝居ってことか」

臣《おみ》も首をひねりながらつぶやくと、太一《たいち》が思い付いたように声をあげた。

「そういえば、さっき一人の役者が十代から六十代の年齢《ねんれい》を演じ分ける話をしてたけど、そういうのはどうッスか？」

「十代、二十代の役っていうのはあるから、逆に歳《とし》を重ねた老人の役をやってみるっていうのは面白《おもしろ》いかもしれないね」

いづみもうんうんとうなずきながら、賛成する。

「俺《おれ》もメイクやってみたいから賛成」

「いいんじゃねぇか」

莇が小さく手を挙《あ》げると、左京もうなずく。

「老人か……やってやろうじゃねぇか」

「ずいぶん気合いの入った爺《じい》さんだな」

「凶悪《きょうあく》ッス！」

真剣《しんけん》なあまりいつも以上に目つきの悪くなっている十座に、臣と太一が突《つ》っ込《こ》んだ。

「それぞれ自分なりの役作りして、一週間後にストリートＡＣＴで披露《ひろう》するってのはどうかな？」

いづみの提案を聞いて、万里がにやりと笑った。

「決まりだな」

一週間の稽古《けいこ》期間のちょうど真ん中にあたる日に、途中《とちゅう》経過を発表するエチュードが行われることになった。

莇によって施《ほどこ》された加齢メイクはクオリティが高く、稽古場は一気にいつもと違《ちが》った雰《ふん》囲気《いき》に包まれる。

ただ、話し方や動きは普段通りのため、妙《みょう》に元気のいい若作りの爺さんになってしまっていた。

「顔と動きがなんかおかしいッス！」

「そういう太一が一番バグってるけどな」

大きくのけぞるオーバーリアクションな太一爺さんに、万里が突っ込む。

「遊んでないで、さっさとエチュード始めるぞ」

一人、あまり違和感《いわかん》を抱《いだ》かせない左京は、自前の和服の袖《そで》に手を突っ込み、仁王立《におうだ》ちしていた。

「こういう爺さんいるよな」

「左京さんのは泉田《いずみだ》会長って感じだな」

「俺っちも思ったッス！」

莇に続いて、臣がつぶやくと、太一がすかさず声をあげた。

「それじゃあ、そろそろ始めようか」

いづみの呼びかけで、エチュード練が始まる。

『最近の若いもんはなっちゃいねぇな』

きっかけを作ったのは、左京だった。

『この間、町内会の清掃《せいそう》行事の時なんて、ちょっと重い袋《ふくろ》持っただけで音《ね》をあげやがって』

ゲートボールの動きをしながら、ぼやく。

稽古場は一気にゲートボールをする老人たちで賑《にぎ》わう公園へと姿を変えた。

『そう言う自分は、張り切りすぎて、ぎっくり腰《ごし》になったんだろうがよ』

万里爺さんがまぜっ返しながら、見えないボールを打つ。

『無理しない方がいいぞ。まだ腰曲がってるじゃねぇか』

『これはボールを打つためだ！』

十座爺さんの労《いた》わりを、左京が突《つ》っぱねる。

『まあ、左京さんの気持ちもわかる。ついつい若い頃《ころ》と同じ調子で動いちまうんだよな』

臣がいつも以上にのんびりとした調子で同調すると、太一も続いた。

『俺も、この間何もないところで転んじまってさぁ』

五人とも、それぞれの普段の様子を残しながらも、落ち着きと渋《しぶ》みを出している。

『情けねぇなぁ』

一方で、鼻で笑う莇の姿はどうしても若さを感じさせた。

莇自身が他の秋組メンバーより年下ということもあってか、お爺さんになってもその年齢差が埋《う》まらない。

エチュードを終えた後の反省会では、莇の芝居が話題に上った。

「なんとなく若いんだよな」

「莇自身は歳のわりに大人っぽいんだけどな」

臣と十座が首をひねると、左京がうなずく。

「図体《ずうたい》も無駄《むだ》にでかいしな」

「無駄じゃねぇし」

莇がむっとした表情をすると、加齢メイクの効果もすっかり消《き》え失《う》せる。

「オーラが若いッス」

「太一さんに言われるとか」

「それはそうなんスけど！」

いつもの調子で返す太一にも、さっきの太一爺さんの面影《おもかげ》はない。

「すかしてる感じが若いのかもな」

「アンタにも言われたくない」

万里にすかさず言い返すも、莇自身も芝居には納得《なっとく》していないのか、考え込むように黙《だま》った。

「まだ時間はあるから、色々アプローチを考えてみるといいよ」

いづみがフォローするように言葉をかけると、莇は小さくうなずいた。


その夜、いづみは中庭で自主練する莇を見つけた。

「役作りはどう？」

声をかけると、肩《かた》をすくめてみせる。

「メイクはばっちり」

「難航《なんこう》してるみたいだね」

莇は否定することなく、小さくため息をついた。

「面《つら》だけ老人でもな……メイクの腕《うで》には自信あったけど、やっぱ、芝居はまだまだだわ」

「それはみんなと年季が違うからね」

「すぐに追《お》い抜《ぬ》く」

「その意気だよ」

まったく凹《へこ》んだ様子もなく、闘志《とうし》を燃やす莇の瞳《ひとみ》を見て、いづみは微笑《ほほえ》んだ。

「とりあえず、莇くんはこの劇団の中でも一番年下なわけだし、年上のみんなを観察して、年齢を重ねたからこその良さみたいなものを見つけてみたらどうかな」

「年寄りっぽいところを探して参考にしろってことか」

「年寄り……まあ、そうなんだけど」

身《み》も蓋《ふた》もない言葉を聞いて、いづみは思わず苦笑いを浮《う》かべる。

「やってみる」

言い方はさておき、やる気はあるようで、莇は素直《すなお》にうなずいた。

翌日から、莇の秋組メンバーへのストーキングがスタートした。

莇に張り付かれた状態で朝食を作る臣が、居心地悪《いごこちわる》そうに眉《まゆ》を下げる。

「えーっと、これが役作りの一環《いっかん》なのか？」

「気にしなくていいっす」

「いや、無理だろ」

万里が思わず突っ込むほど、莇の視線は露骨《ろこつ》だった。

いづみもアドバイスした手前、止めるわけにもいかず、見守るしかない。

「言っても無駄だ。そいつ、結構しつこいからな」

心なしかげっそりした表情の左京の言葉から、すでに一人目の犠牲者《ぎせいしゃ》がいたことがわかる。

「順番に回るんでよろしく」

淡々《たんたん》とした宣言を聞いて、万里や太一がぎょっとしたように目をむいた。

そうして迎《むか》えたストリートACTの日。

うららかな週末の平和なビロードウェイで、やけに迫力《はくりょく》のある白髪《しらが》のロマンスグレー集団が、視線を集めていた。老人っぽい服がないという理由で、全員スーツや和服を着ているせいで、異様に迫力がある。

『てめぇら、覚悟《かくご》はできてんだろうな』

いつもよりしわがれた声で、左京がドスを利《き》かせる。

『二十年ぶりだ。腕が鳴るぜ』

『サバ読んでんじゃねぇ。三十年だろ』

万里爺さんが口元をゆがめて笑うと、十座爺さんがゆっくりと歩みを進め、隣《となり》に並ぶ。

『昔と同じようにはいかねぇぞ』

『そろそろ決着つけないとな。三百十……何勝だったか』

万里や十座、左京の向かい側に臣爺さんと太一爺さんが立つ。

『三百十二勝三百十四敗だな』

振り返った太一爺さんに、莇爺さんが答え、陣営《じんえい》に並んだ。

メンバーの芝居はより老いが増し、莇も独特の渋みが出ていて、エチュード練の時よりもはるかに良くなっていた。

「ぐっと深みが出たね！」

爺さん同士の抗争《こうそう》をテーマにしたストリートACTが終わるなり、いづみが莇を絶賛した。

「ストーカー効果か」

「観察してただけだろうが」

万里の突っ込みに対して、莇が不本意そうに顔をしかめる。

「でも、効果はあったみたいだな」

「どういうところを参考にしたんスか？」

臣が微笑《ほほえ》み、太一がたずねる。

「万里さんの意外に面倒見《めんどうみ》良くて劇団の便利屋みたいになってるところとか、十座さんが九門と一緒《いっしょ》にいる時の兄貴っぽいところとか、臣さんが楽しそうにみんなのごはん作ってる、おかんっぽいところとか。太一さんが結構気を使ってみんなのこと見てるところとか、あとクソ左京」

　莇が指折りつらつらと並べ立てた。

「便利屋のどこが参考になるんだか」

「幅が広いって意味では、俺には真似《まね》できねぇし」

　まんざらでもなさそうな表情の万里に、莇が淡々と返す。

「兄らしさか」

「おかんっぽさか……」

　それぞれトーンに違いはあれど、しみじみと十座と臣がつぶやいた。

「なんか恥《は》ずかしいッスね」

　太一が照れたように頭を掻《か》いていると、左京が一人不機嫌《ふきげん》そうに眉根《まゆね》を寄せていた。

「なんで俺は名前だけなんだ」

「別に今更《いまさら》言うことねぇし。あえて挙げるとすりゃ、自分にも他人にも厳しいってところか。まあ、でも俺にとっては一番身近な年寄りだからな。全部参考にはなる」

「年寄りってのは引っかかるが、まあ、いい」

　左京の表情は複雑だったが、その声には明らかに喜びがにじんでいた。

「ＭＡＮＫＡＩカンパニーだって！　こんな劇団あったんだね。ナイスミドルばっかりとかやばい。通う」

「枯《か》れ専《せん》の友達にも教えてあげよ！」

不意に観客たちの会話が聞こえてきて、いづみは思わず固まった。

「ナイスミドル……枯れ専……」

「どう考えても誤解されてるだろ。どうすんだよ」

万里に面白がるように声をかけられたが、返す言葉がなかった。

それからしばらく、ＭＡＮＫＡＩカンパニーの劇団員に対する年齢詐称《さしょう》の疑惑《ぎわく》が流れていたとかいないとか……。

そうして新たな戦力を得たＭＡＮＫＡＩカンパニーの季節が、また一つ巡《めぐ》る。

すべてを凍《こお》り付《つ》かせる冷たい冬の足音はもうすぐそこまで迫《せま》っていた。

◆ご意見、ご感想をお寄せください。
[ファンレターの宛先]
〒102-8177 東京都千代田区富士見2-13-3
株式会社KADOKAWA　ビーズログ文庫アリス編集部
「A3!」宛

●お問い合わせ(エンターブレイン ブランド)
https://www.kadokawa.co.jp/
(「お問い合わせ」へお進みください)
※内容によっては、お答えできない場合があります。
※サポートは日本国内のみとさせていただきます。
※Japanese text only

A3!
ボーイフッドコラージュ

トム
原作・監修／リベル・エンタテインメント

2020年7月15日　初版発行

発行者　三坂泰二
発行　株式会社KADOKAWA
〒102-8177　東京都千代田区富士見2-13-3
0570-060-555(ナビダイヤル)
デザイン　平谷美佐子(simazima)
印刷所　凸版印刷株式会社
製本所　凸版印刷株式会社

ISBN978-4-04-735833-1　C0193

Printed in Japan
定価はカバーに表示してあります。

次巻予告

この場所に、
みんなと立っていたい。
この瞬間が、
永遠に終わらなければいい。

A3! The Greatest Journey

第二部公式小説第4弾！ 2020年10月15日 発売予定!!